泥の中で咲け

松谷美善
MIYOSHI MATSUYA

幻冬舎 MC

泥の中で咲け

一粒の種子《たね》

ただ一人で育ててくれた母さんの、笑った顔を覚えていない。

カーテンの奥にある、俺の寝床に入ってくると、いつも小言ばかりだった。

「あんたは何時まで寝ているの？　ゴミをまとめなさいと言ったでしょ。毎晩遅くまでゲームしているから、朝起きられないのよ」

出勤前、急いでいるなら俺の寝床に寄らなければいいのに、必ず布団を剝がして母さんが言う。

それもそのはず、俺は高校を二か月で自主退学して、以来ずっと部屋にこもっている。

きっかけは些細なことだった。

入学式の次の日、担任の女教師の言ったひとこと。

「坂本、あなたは背が低いんだから、身だしなみだけでもキレイにしなさい」

こんな差別的なことを言う教師がいるなんて驚きだった。それもみんながいる教室で。少し髪が伸びていただけで、少し爪が伸びていただけで、今どきこんな言い方はしないだろう。

中学からの同級生が揃って入学した高校、同じクラスに密かにタイプの女子もいた。

プライドが粉々で、恥ずかしくて耳が熱かった。

女教師に注意された俺を見て、途端にみんなが引いていくのを感じた。教室の温度が急に下がったように思えたのは、どっと冷や汗が吹き出したせいだけではないだろう。

放課後、俺を避けるように、みんなそそくさと帰ってしまった。

そう感じるのは、自意識過剰だけではないと思う。

この一件のせいで、俺の楽しいはずの高校生活は、ドン曇りになったのだ。

これまで俺には顔見知りはいても、仲間と呼べる友達はいなかった。

それでも登校すれば、仲間ができるかもしれないと思って、次の日もまた次の日も登校した。

教室に入って精一杯の声を出す。

「おはよう」

誰もなにも言わない。
みんなシカトかよ。
だいたい、なんでこの高校は、入学式の次の日に実力テストがあるんだ。
自慢ではないが勉強は、得意ではない。
なんと実力テストから一週間後、成績の悪い順番に、結果が廊下に貼り出されていた。
予想はしていたけど俺の順位はクラスでビリ、学年で後ろから二番目だった。
もともと当たりが強かった担任が、露骨に嫌味を言うようになった。
担任の女教師は、自分の担当科目の現代国語の授業中、
「はい、ここ坂本読んでみて」

と何度も指名した。それも授業を聞いていないときに限ってだ。

意識すればするほど、語尾がひっくり返って、声が高くなる。

いきなり当てられるとアガるのだ。

これは母さん以外の人と、あまり接してこなかったためだろう。

しどろもどろになると、あざ笑うように言う。

「中学で習ったレベルだよ。なんで読めないの？」

ほとんどいじめだな、この学校は担任からしていじめをするんだな。

日を追うごとに俺の心は、学校に回れ右してどんどん暗くなった。

俺が高校に通えているのは、母さんが一日中足を棒にして歩き、一般のお宅に飛び込みで営業して、一軒一軒頭を下げてガス器具を売り歩いてくれるおかげだ。

だから、明日こそ明日こそと思い、いいことを探しに学校へ行くんだ。

（そうだ、部活に入れば楽しくなるかもしれない）

二週間目で気がついて、職員室の壁に貼り出された部活の紹介を見にいった。

俺の学校には、文化系、体育会系合わせて二十近くの部活動があった。

でも、待てよ、スポーツはダメだな。

はっきりいって俺は鈍くさい。

文化系美術は得意とはいえない。

ＤＩＹにも、あまり興味が湧かない。

文芸、演劇、放送、とんでもないって感じ。

生まれてから十五年、なにかを一生懸命やったり成し遂げたりした経験がないことに、ふと気がついた。

なんか必死にやるのってダサいじゃん。

というわけで、部活にも入らず、授業に出てもなるべく気配を消して、かといって寝ているわけでもなく、ひたすらおとなしくして、四月は過ぎていった。

一日一日は長いのに、あっという間にゴールデンウィークだ。

連休は俺にとって、学校へ行くより憂うつなんだ。

母さんは接客応対の仕事なので、世間が休みの日の連休は書き入れ時だ。

朝昼のご飯がないのはわが家では当たり前、日中お客が立て込んだ日には夕飯のことも頭にないみたいで、仕事のあと手ぶらで帰ってきて、俺がコンビニに行くなんてしょっちゅうだ。

四歳頃から父さんの記憶は消えている。

だいたい、いつまで家族三人が同じ屋根の下に一緒に住んでいたか覚えていない。

父さんの姿は輪郭だけしか思い出せなくて、いつも西日だけしか当たらない、夏は地獄のように暑い台所で、機嫌が悪くしゃべらない父の背中が見えたところで記憶が止まる。

今年は運がよく、連休の前日に俺が熱を出した。

なぜ運がよいのかというと、家事を言いつけられないで済むからだ。

母さんは看病してくれるわけでもなく、いつもどおり仕事に行った。

うちでは風邪ぐらいでは病院には行かない。

覚えている限りで病院へ行ったのは、予防接種か、俺がうんていから落ちて頭を思い切り打ち、気絶したときぐらいだ。

小学校低学年だった。

救急車で運ばれたようだが、記憶はない。

気がついたら母さんがいた。

殺風景な病室、仕事の合間に抜け出してきてくれたみたいで、母さんの顔は険しかった。

「曜《よう》、あんたなにしてるの？　私が仕事忙しいの、知ってるでしょう？」

大丈夫かでも、無事でよかったでもなく、母さんはすこぶる機嫌が悪かった。

このとき、俺は悟ってしまった。

ドラマで観る母親と違って、母さんはそこまで俺を心配していない。

うちは決して裕福ではないから、少しぐらい具合が悪くても、我慢する癖がついていた。

小さい頃から、母さんにだけは嫌われないようにと、子どもなりに努力してきた。

なぜそこまで自分の親に対して気を遣うのかと、近所の人に聞かれたことがある。

なぜと問われてもうまく言葉にできないけど、それは事実、俺が母さんを好きなことと、それから根拠のない強迫観念みたいなもので、母さんに捨てられたら生きていけないと強く信じ込んでいたからだ。

幸い俺のケガは入院するほどではなく、頭を何針か縫ったが、その日のうちに帰宅していいと看護師が告げた。

母さんは大げさなくらいに、若い医師と看護師に礼を言って、何度も頭を下げた。

病院からの帰り道、なにも話さなかったが、うちにしては珍しく弁当屋で弁当を買い、またさらに珍しいことにスーパーでスイカを買ったのを覚えている。

アパートの部屋に戻ると、母さんはすこぶる機嫌が悪かった。

「とにかく仕事の途中で呼ばれるのは困るから。今日の日当、稼げなかったじゃない。もううんていなんかするんじゃない」

強い調子で言った。

(そんな言い方しなくても、今度から気をつけるって)

言おうとした言葉を飲み込んだ。

ご飯の前に口答えして、「もう食べなくていい」と、ご飯を捨てられたことが何度もある。

(今夜はスイカまでついているんだぜ)

あれを食べないという手はないと、俺の心の声が言った。

母さんと二人黙々と弁当を食べた。

電子レンジは使わなかったが、ほんのり温かくて今夜の一人ではない夕食は、それだけで俺にはご馳走だった。

食後のスイカを出された途端に、息もつかずに食べ切った。

「私は明日の用意するから、あんたはもう寝なさい」

まだ眠くなくても、母さんの「寝なさい」が出ると、寝室に引き上げなければならないのがわが家のルールだった。

寝室といっても、ちゃんと個室が与えられているわけではない。

六畳間をカーテンで仕切り、母さんと半分ずつ使い寝床にしていた。

うちにはテレビが台所に一台しかない。

その頃、流行っていたゲーム機も、従兄弟のお下がりで二機種ぐらい前のものをやっとのことでもらってきて、大事に大事に使っていた。

母さんは、俺に勉強しろとは言わなかった。

その代わり、学校は休まずに行けと言われた。

給食が出るからだ。

家で朝食を食べる習慣がなかった俺には、栄養を十分に摂取することのできる唯一の食事だった。

学校は大きな団地の子、無数にある小さなアパートに住んでいる子がほとんどだった。

両親が揃っていても、共稼ぎの家庭が多かった。

学校までは林と畑ばかりで、戸建ての家は数えるほどしかなかった。

「あまりいい家の子はいないわ」

なんかのときに母さんがそう言ったが、子どもだった俺は、その言葉の意味も深く考えていなかった。

小学校の修学旅行にも行かずに、卒業を迎えた。

修学旅行には、積立金のほかに体験学習費の名目で、お金を追加で払うことになっていた。

だからというわけではないのだろうが、旅行に参加しない子がクラスに四、五人はいた。

社宅や大きな団地に住んでいる子、それと少なかったが戸建てに住んでいる子は、文句なく旅行に参加していた。

小さなアパートに住んでいる子や、間借りをしている家の子のなかには、ふだんから給食費を待ってもらっている子がいて、家によって稼ぎに差があることを俺は知っていた。

母さんは気が強かったから、給食費や教材費が遅れたことは一度もない。

でも、体験学習費を請求するプリントを見せたら、母さんは少し嫌そうな顔をして、

「曜、あんた旅行に行きたい？」

と聞いた。

俺は旅行先の日光に興味がなかったので、

「別に」

と答えた。

「旅行欠席にすれば、積み立てたお金が戻ってくるし、それで好きなもの一個買ってあげるから、欠席にしなさいよ」

母さんの言葉が終わらないうちに、もうほしい物を考えていた俺は、そんなに学校が楽しかったという思い出がない。

成績は中の下、みんなの先に立ってはっちゃけるタイプではなかった

から、学校ではきっと、いるんだかいないんだかわからない、存在感のない生徒と思われていただろう。

修学旅行欠席で、返してもらったお金は八万円。そのなかから半分と少しで、当時流行っていたゲーム機とゲームソフトを中古で買ってもらった。

誕生日もクリスマスもプレゼントをもらった記憶のない俺には、うれしかったなんてもんじゃなかった。

残りのお金を返したら、母さんも少しうれしそうな顔をした。

それからは、学校に行ってもますます鳴りを潜めて、ひたすら給食の時間を待ち、食べ終わると午後の授業はうわの空で、帰ってゲームをすることだけしか考えていない生活だった。

秋の修学旅行が終わると、あっという間に年が明けて、びっくりするほどのスピードで卒業式がきた。

卒業式といっても、うちは親は来ない。

母さんは俺がなにをしていても、毎日変わらずに働いていた。

恥ずかしいが、この頃、俺は親の仕事の内容を詳しくは知らなかった。

春休み、ずっと部屋の中でゲームをして過ごした。

母さんは、俺が外へ行って悪さをするわけではないので、特に怒りはしなかった。

朝、まだ俺が寝ているあいだに仕事に行って、夜、九時過ぎに疲れた顔をして帰ってきた。

休みのあいだの食事は、食器棚の引き出しの右側に一日千五百円が入っていて、朝はコンビニでおにぎりかパン、昼は家にあればカップラーメン、夜はスーパーで見切り品になった弁当二人分を買っておくのが、俺の日課になった。

二人で千五百円、それがうちの一日分の食費だった。

日曜日、母さんが休める日には、カレーとか焼きそばとかを朝多めに作り、それを一日中食べていた。

月末でお金が足りないと、一日一食で、夜スーパーの見切り品だけなんてこともあったが、俺はゲームをやっていられれば、お腹が空いていてもそんなに不満に感じなかった。

春休みが終わり、俺は中学生になった。

制服と体操着は、従兄弟のお下がりだった。

カバンはなかったので、母方のおじいちゃんが半分お金を出してくれて、いちばん安いのを買ってくれた。

まわりは小学校からの繰り上がりで、メンバーは小学校から変化がなかった。

入学式、父兄と記念写真を撮る人たちから外れて、わざと白けた顔をしている俺がいた。

ラッキーなことに、中学校にも給食があった。

おかげでうちの食費が少し安くなった。

幼い頃から両親の夫婦喧嘩の声を聞きながら育ったせいか、他人と争ってもいいことはないと、体に染みつくように知っていた。

小学校の頃からの俺の評価は、「おとなしすぎる」だった。通知表にも「もう少し自己主張ができるといいですね」と、書いてあった。

ちょうどいじめが始まるのが、物心ついて同級生に優劣をつけたがる時期だった。

いじめは大人の責任、これは本当にそう言い切れる。

地方都市の公立の小中学校の教師は、みんなの前であからさまに、生徒の家の事情をポロっと口に出し、下手すると給食費を払っていないことまで平気でバラして、自分が生徒の気持ちを傷つけたことにも気づかない、自覚のない人ばかりだ。

下手な自己主張はいじめの始まりと、もっと小さなときから俺は体でわかっていた。

これは母さんがうちで言っていたことの受け売りも入っているが、俺もほとんど同意見だ。

だからうちの教育方針は、勉強でも課外授業でも「とにかく目立つな」だった。

事実、俺の少ない人生経験のなかで、目立ってしまったがゆえの、いじめやからかいをたくさん見てきた。

狭い町内、人の口に戸は立てられない。

母さんは俺が生まれてからすぐ働いている。お店も同じ町内だったので、母さんがつい言ってしまった俺のテストの点数を、次の日には町内みんなが知っていた。

よい噂より悪い噂のほうが、尾ひれがついておもしろおかしく伝わるのは、「勘弁してくれ」だった。

ひたすら目立たないように気配を消しているのが俺のキャラクターで、決しておとなしいわけではないと思っていた。

小中学校の俺の狭い世界で、だいたいどこから学校に通っているかで、ふだん誰と群れているかが決まっていた。

群れるということが、友達がたくさんいるということと、イコールではない。

ずっと母さんは言っていた。

「困っても誰も助けてくれないよ」

この言葉だけは俺の根っこにあったので、あくまで目立たないように振る舞っていた。

俺は孤独が好きなのではない。

できれば親友がほしいと思っている。

まだ幼稚だった俺は、異性のことを考えたこともなかったが、そろそろまわりのクラスメートのなかのマセた連中が、愛だ、恋だ、と騒いでいた。

授業についていけているわけではないが、給食食べたさに学校は皆勤だった。

なんとなく、ただなんとなく、月日は過ぎていった。

俺はなんの目的もないまま、母さんに「中卒じゃ、今どき就職先もない」と、半ば押し切られたかたちで地元の高校に進学した。

たまたま試験を受けたら、受かってしまったから、というのが正しいと思う。

進学して間もなく、俺はひきこもりになった。

ひたすら、母さんが仕事に行くまで狸寝入りをしていて、部屋が留守になるとノソノソ起き出して、テレビを観るかゲームをする、怠惰な日々を過ごした。

母さんは、こうなった当初は文句も泣きごとも言ったけど、なによりも仕事が好きだったのだろう。

そのうち、なにも言われなくなった。

母さんになにも言われなくなって、俺の生活態度が許されたような気がしたのは、あくまでもその当時の短絡的な考えだった。

そしてある日、俺のパラダイス的生活も、終わりを迎えるのだ。


それはすでに暑くなりはじめた七月初旬のことだった。いつものように寝ぼけまなこでゲームのレバーを握っているとき、突然けたたましく固定電話が鳴った。

母さんはとっくに携帯電話だったし、家には携帯を二台も契約する余裕はなかった。

それにもともと社交的でなかった俺は、さほど携帯電話がほしいとも思っていなかった。

思えば、俺に電話がかかってきて、長電話した記憶もない。

固定電話の着信音を聞いたのは、何年ぶりだろう。

ふだん寝ているときにかかってきたら、無視していたところだ。

その電話は、俺の耳にはふだんと違って聞こえた。

「はい」

相手は女性の声で早口だった。ぶっきらぼうに電話に出た俺に、相手は一気にまくし立てる。

「坂本さんのお宅ですか？　あなたは息子さんですか？　お母さんが職場で倒れて、救急搬送されました。命の危険もあるので、至急病院へきていただけますか？」

あまりにも急で事態が飲み込めない。

「え？　え？　なんですか？　もう一度説明してくれますか？」

俺にはまったく話の内容が入ってこなかった。

「私は沢口病院の救急外来の者です。お母さんが頭の病気で運び込まれました。すぐにきてください」

「え？　どういうことですか？」

なおも問う俺に対して、今度はヒステリックな声で、

「いいから早くきなさい」

と言うと電話は切れた。

頭のなかが真っ白だった。

病院の場所も定かではない。

大人だったら、タクシーの選択もあるのだろうが、俺はタクシーの呼び方も知らなかった。

アパートの隣の部屋の奥さんに、病院の場所を尋ねた。

なんとなく、母さんが頭の病気になったことは言っちゃいけないような気がして、黙っていた。

ここからバスと電車を乗り継いで、五十分ほどかかるその病院は、お世辞にもキレイとは言いがたかった。

まだ人に聞くのがためらわれて、受付あたりをうろうろしていた。

そこへ年配のナースが現れた。

「坂本さんですか?」

気圧されるように俺は、声も出せずに首を激しく上下に振った。

緊張でのどはカラカラで、手汗がびっちょりだった。

「ちょっと一緒にきてくれる?」

そう言ってすごい速さで、ナースは俺の前を早歩きで行ってしまった。

遅れないように見失わないように、俺も小走りになって付いていくのがやっとだった。
救命救急と書かれたカーテンで仕切られた部屋に着いた。
（おい、待ってくれ。まだ心の準備が……）
戸惑っている俺にお構いなしで、ドクターらしい人の部屋に連れていかれた。
母さんがベッドに横たわっていた。
そこにいたのは、俺の知らない母さんだった。
顔色が真っ白で、左半身だけがバタバタと激しく動いていた。
医師が言う。
「坂本さん、今から話すことをよく聞いてね」
もう心臓が爆発しそうだ。

「お母さんは脳梗塞です。これを見てください」

ＣＴの画像を見せられた。

そこに写った母さんの脳は、右半分が真っ白になっていた。

「もう、手の施しようがない。あとは本人の生命力に任せるしかないんだ」

「え？　え？　今なんて？　母さんは死んじゃうの？」

声にならなかった。

再び医師が言う。

「坂本さん、失礼だけどお父さんは？」

「僕が小さい頃に離婚して、今はどこに住んでいるのかわかりません」

消え入りそうな声で答えた。

「誰か大人で、二人の身元引受人になってくれる人はいませんか？」

なぜ俺では駄目なんだろう、未成年だからか？

そうしているあいだも、母さんの状態は悪くなっていくのが見ていてもわかった。

俺は母さんの側についていたかったが、医師は書類にサインできる大人を連れてこいという。

困ったあげくに、家を出るとき悪い予感がして念のために持ってきた、母さんの弟の電話番号に連絡した。

電話越しに、あまり協力的でないのが伝わってきた。

叔父さんが、父さんの電話番号を教えてくれた。

ますます気後れしながら、電話をかけた。

すっかり暗くなった時間だったから、電話はすぐにつながった。

「誰？」

面倒くさそうに、父さんは言った。

「あの、僕、息子の曜です」

「なんの用?」

その冷淡な口調に足がすくむ。

でも、言うしかない。意を決して、

「母さんが脳梗塞で倒れてしまって、病院で大人を連れてこいって言われて、僕じゃ身元引受人になれないんです。叔父さんに電話したら、父さんに頼めって言われて、ほかに頼める人誰もいないんです」

一気にそこまで話した。

電話の向こうの父は叔父と同じで、ますます面倒くさそうに言う。

「それで俺にどうしろと? もう十年以上前に他人なんだぞ」

「わかっているけど父さん、母さんが死んじゃう」

自分でも意外なほど、俺は臆面もなく泣いていた。
「父さん、なんとか頼みます」
あとは言葉にならなかった。
なんとか、なんとかお願いしますと、くり返した。
「病院の名前と場所と、最寄り駅を」
父は渋々だった。
知る限りの情報を伝えた。
電話は向こうから切れた。
来るとも来ないとも言わなかった。
一秒でも早く、母さんの側に行きたかった。
救命救急に引き返すと、母さんは処置室に運ばれたと言われた。
場所を聞いて急いだ。

朝からなにも食べていなかったので、思考が停止していた。

処置室と書かれた個室のベッドに横たわる母さん、さっきと違うのは、動かなくなっていたことだ。

人工呼吸器を装着されて、まだ体は温かかった。

よかった、まだ生きている。

手を握り続けた。

そこに父さんが来て、でも、なにを言えばいいのかわからなかった。

父さんは、俺の知っている父さんではなかった。

書類を書いて、押印をして、お金も渋々払ってくれた。

消沈している俺にパンをくれたが、半分ぐらいしか食べられなかった。


そしてたった四日で母さんは死んだ。

人ってこんなに呆気ないんだ。

葬式は出せなかった。

直葬を行い、母さんは骨壺に入れられて戻ってきた。

母さんの兄弟は誰も来てくれなかった。

父さんは、火葬場までは来てくれたけど、俺に言い放った。

「かかった金は、お前が働いて返せ。今日から一人で生きていけ。もう一切、俺に頼るな」

そう言うと、俺の手に請求書を押しつけた。

父さんも叔父さんも、生きている人は冷たい。

母さんが入った骨壺だけがまだ温かく、そして重たかった。

父さんと場末の中華そば屋に入った。

このとき食べた冷やし中華が、何日ぶりかで口にした食事だった。

二人ともなにもしゃべらなかった。
冷やし中華はやけに、塩っぱかった。

心のなかの杭

母さんが死んで、とりあえず一人で生きていかなければならなくなった。

近所の人はまるで腫れ物に触るように俺に接し、そして寄りつかなくなった。

まだ幼稚だった俺は、社会的な制度を知らず、自治体や役所に相談に行くことなど、考えが及ばなかった。

母さんの生前から親戚づき合いも乏しく、葬儀にも来てくれなかった人にどう頼っていいかもわからなかった。

遠くの親戚より近くの他人だ。

中学の頃の友人の実家が営んでいたリフォーム会社に見習いというかたちで就職した。

この友人は、中学で番長的な生徒だった。

いつも俺は、子分のように使われていたが、まわりで直接会社を営んでいたのがこの友人の実家だけだったので頼ったのだ。

なぜリフォーム会社かというと、寮があって住居費と光熱費がタダだったからだ。

「高校のときみたいに、逃げて辞めることはできないんだぞ」

母さんの葬儀のときに、父さんが誰に言うともなしにつぶやいた言葉が、何度も頭に浮かんでは消えた。

こっちだって、好きで辞めてきたんじゃないんだ。

言い返すことはできなかった。

将来、絶対に見返してやる、自信も裏づけもないけど、意地でそう思うしかなかった。心のなかの杭につかまっていないと吹き飛ばされそうで、呪文のように「見返してやる、見返してやる」と、聞き取れないくらいの声で何度も何度も唱えていた。

俺の心のなかの杭とは、毎日朝から晩まで働いていた、目に焼きついて消えることのない、母さんの残像なのだ。

高校を中退した俺が会社で働くということは、楽なことではなかった。

十六歳までバイトもしたことがなかったから、スーツなんてそれこそ七五三みたいだろうし、作業着があって助かった。

比較する対象の経験がないのでわからないが、ここの会社の先輩はなにも教えてくれない。

朝、出勤して机でぼうっとしていると、気がついたときには事務所に誰もいなくなっている。

仕事の割りふりをしているときに、誰かに付いていかないと日当も、もらい損ねる。

仕事を覚えて一人前になりたいという気持ちだけはあったので、指示はされなくても職人のなかでもいちばん年配で偉そうに見えた人に、勝手に付いていくことに決めた。

こうして、俺は毎日働いているという気分にだけはなったのだ。

リフォームの現場は、工事中も人が住んでいる住宅の、注文された箇所だけ直すものから、人が退去または死んでしまって主人のいなくなった家を、一軒すべて新築みたいにリノベーションするものまでさまざまだった。

　自分で監督になにをしたらいいのか聞きにいかないと、ここでも仕事にあぶれてしまう。

　先輩のやっていることをよく見て、次になにをすればいいのかよく考える、そのうちにだんだん作業の流れがわかってきて、俺は自分のなかで工程を理解していても、一応監督と呼ばれている人に確認を取りながら作業を進めていくノウハウがつかめたような気がした。

　寮の部屋を宛がわれたときは、なんだか大人になったみたいでうれしかった。

　毎朝四時前には起きて、作業着に着替え洗面もそこそこに、コンビニに走る。

手近にあったパンかおにぎりを買って、それを食べながら一つ隣の駅までダッシュする。

仕事は肉体労働が主でかなりきつい。

午後には歩くのもやっとの日も、珍しくない。

やっている仕事は主に雑用だが、監督が「あれを持ってこい」と言ったものを、間違えず持っていけるようになりたいんだ。

一つの現場に七、八人、まだどこに行っても新人の俺は、ほぼ一日中そこにいる全員に指図されて朝から晩まで、走り続けた。

お昼ご飯だけ、仕出しの弁当がもらえて、それだけが一日で唯一のまともな食事だった。

夕方五時過ぎに仕事が終わり、ダメ出しがなければそこで終わり。

でも、まだ始めたばかりだったので、勤めて十日ほどで、残されない日は一日か二日だった。

居残りになると、失敗が見つかり怒鳴られた。

それでもなんとか、俺と母さんを見捨てた、父さんと親戚をいつか見返してやると、それだけの思いでつらい仕事も耐えてきた。

なんとか、なんとかという思いで三日が過ぎた。

どうにか、どうにかという思いで一週間が過ぎた。


一日中、使いっぱしりをして、クタクタになって部屋にたどり着き、買ってあった少しの菓子を貪り食うのもそこそこに、重たい泥のようになって、布団代わりの寝袋に潜り込む。

小さい頃から運動習慣のなかった俺には毎日が、筋肉痛が出るほどキツかった。

毎朝、四時に目覚ましをかけて、まだ眠くてフラフラしながら起きる。風呂のついている部屋は、最初からはもらえない。申し訳程度についた小さなキッチンの流し台で、頭を洗って絞ったタオルで体を拭いた。

築四十年が過ぎたボロアパートでは、当然のことながら、お湯は出ない。

でも、痛む体を引きずるように朝のコンビニに入る頃には、目も覚めたし体もしゃんとした。

会社の建物に誰よりも早く入り、そこらを軽く掃除する。

一番乗りのつもりだったのに、必ずこの会社の長老がいた。

長老はヨボヨボなのに、社長よりも監督よりも偉そうなんだ。

(ひえー、この人何歳なんだ?)

思ってても聞けなかった。

母さんが生きていた頃から、家族の会話ってのがなかったし、じつはコミュニケーションってやつが、俺はなによりも苦手だったのである。

毎朝、恐る恐るドアを開けた。

「おはようございます」

消え入りそうな声で挨拶する。

聞こえないのか、聞いていないのか、いつも長老の返事はない。

中学の友人の親でもある社長に、最初の面接のときに言われた。

「坂本くん、キミ若いんだからさあ。もう少し大きな声出せや」

そんなこと言われても、意識すればするほど声は小さくなるし、大人とまともな会話なんてしたことがなかったから、本当はなんて言ったらいいかわからなかった。

勤めはじめた頃は、まだ夏だったから、楽だったのかもしれない。冬場の朝四時起きはつらいだろう。

それでも幾ばくかのお金をもらうまで、辞めるわけにはいかない。日に日に増してくる職人さんたちの、使えねえなという雰囲気に逆らって、何度も「休んだら負け」とつぶやいた。

些細なきっかけで、学校に行けなくなったように、休む癖をつけると仕事にも行けなくなると知っていた。

毎朝、体は鉛みたいに重くても、なんとかなんとかと自分を奮い立たせた。

やっとのことで、就職してから五十日が経った。

毎日カレンダーにバツ印を書き込んでいた。

この五十日間で俺ができるようになったのは、言われた資材を車から降ろし、職人さんに配ることだ。

それでも種類が違っていたり、数が違ったりすると、罵声が飛ぶ。

（なぜ、この職場は、みんなこんなにイライラしているんだろう）

俺は最初の給料日に気がついていた。

俺の初任給は見習いということで、手当てがつかない月六万円だ。ほかのみんなも、給料日の不満そうな顔から、たくさんはもらっていないことが想像できた。

親の収入がいくらあったのか、俺は知らない。

物心ついて、両親が喧嘩していたのは、多分、お金のことだと推測していた。

母さんが泣き出すと、寝ているふりをした。

父さんも酔って寝てしまって、夫婦喧嘩はいつも立ち消えだったのだ。
給与明細を見たこともなかったので、相場を知らなかったのは、幸せだったのかもしれない。

遅刻だけはしないようにしていた。
のちにいろいろな名目で、この会社は罰金を取っていることを知った。
それでも普通を知らない俺には、辞める方法も考えつかなかった。
ある日、俺の少し先輩が仕事に出てこなくなった。
なんとなくほかの職人さんの話で、辞めさせられたのだと聞いた。
このときは、よほどの失敗をしたんだとしか思わなかった。
体がキツいのは同じだが、俺は環境に馴染んでいった。
しっかり鍛錬して職人になろうというまでの気持ちはなかった。

まだ始めたばかりだったし、自分がなにに向いているのかも想像ができないほど、俺は幼かった。

母さんが死んで、法事をすることも知らなかったし、お墓も当然持っていなかった。

部屋に帰って、母さんの「お帰り」が聞こえるような気がして、お骨と一緒に暮らしていた。

母さんが生きていたときは、俺より早く帰ってきたことなんて、なかった。母さんはいつも急いでいて、どんなふうに話したかも忘れてしまっていた。

そうだ、この頃までは、真っ当に生活しようと思っていたんだ。

気がつくと、秋風が吹いてそろそろ掛け布団を買わないと、寝られない気候になっていた。

毎日クタクタのぼろタオルみたいになった体を、それでもやっとのことで奮い立たせて仕事場に通った。

就職してから、やっと九十日が過ぎた。

このあいだ、俺がなにか技能を身につけたかというと、まだなにもできないのだが、前より些細なことで怒られることが増えた。

たとえば、買い物のお釣りが足りない、車から持っていく材料を間違えているなどなど、以前はこんなに怒られなかったのにと思うのは、多分、俺の思いすごしではない。

ある朝、それまで社長と反りが合わなかった職人が辞めていった。

(あの人をクビにして、納期に間に合うんだろうか)

毎日、見ていたメンバーだったので、俺でも心配になった。

また次の日に会社に行くと、今度はやっと現場を回せるようになった、中堅どころが五、六人辞めていた。

(この会社大丈夫かよ)

そして、それから一週間後ぐらいに、社長に呼び出された。

社長が言った。

「坂本、キミ明日から来なくていいから」

は？　わけわかんないよ。

さすがに黙っていられなかった。

「理由を教えてください」

社長は、俺の仕事が遅いからとか、ほかのみんなとうまく交われないからなどと、それなりの理由を言った。

生まれてきて最大のピンチ、どうすればいいんだ。

社長は俺にクビを告げるとにべもなかった。

一度も俺のほうを振り向かずに、外へ行ってしまった。

その日の仕事の指示をなにも受けていなかったから途方に暮れて、とりあえず寮のあるボロアパートに帰った。

アパートの管理をしているおじさんは、もう知っていたみたいで、

「坂本くん、明日から三日以内に次の部屋を探して、出て行ってくれや。気の毒だけど」

と、すまなそうに言った。

このとき初めて、この人の話し声を聞いた。

朝いつも、俺が出社するときには、まだ来ていない。

そして帰ってきたとき、「お疲れ様です」とか、「ただいま帰りました」と言っても、言葉は返ってきたことがなかった。

(仕事もなくなり、明日からどうしよう)

(部屋探すったって、どこに聞いたらいいんだ)

頭のなかは真っ白だった。

どう考えても納得がいかなかったが、社長はこれ以上なにを聞いても答えないオーラを出して、俺を威嚇していた。


途方に暮れていた俺は、コンビニに立ち寄り、無料のフリーペーパーと有料の求人情報誌を手に取った。

全部を読んだわけではないが、ほとんどの職種が必要条件を、高卒以上、要運転免許、年齢二十歳以上と書いてあった。

身元保証人が必要との項目があったので、叔父さんに公衆電話から電話をかけたら、奥さんが出た。

俺が名乗ると、奥さんは不機嫌そうな声を出した。

「もうなんの関係もないんだから、うちに電話してこないでちょうだい」

と強い調子で突っ放され、とても叔父さんに代わってくれとは言えない。取りつく島もなく、電話は向こうから切られた。

叔父さんの住む家は、電車で三駅離れていて、急行の停まる駅だ。このときの俺は生まれた町を出て、都心の仕事を探すのが、まだ不安だったのだ。

生まれた町を一歩も出たことのない俺が、これからなにをやって生きたらいいのか、なにかひとことでもヒントをくれてもいいじゃないか。

部屋に戻り、昨日までは考えたこともなかった、前の住人がなにか手掛かりを残していないかと思いついて、探してみた。

押し入れの上下、取ってつけたような古びた靴箱の小さな棚、必死で探し回ったら、誰のものかわからない電話番号が書かれたメモを見つけた。

携帯電話を持っていなかった俺は、メモを握りしめ、持っている小銭を全部かき集めて、公衆電話に走った。

藁にもすがる思いだった。

電話番号は携帯のものだった。

電話はすぐにはつながらず、それでも電話の先の相手がなにか知っているのではないか、甘い考えかもしれないが、もしかしたら今の状況から助け出してくれるのではないか、助けてくれと祈るような気持ちだった。

電話がつながらないので部屋へ戻り、少し経ってから、また電話をかけてみた。

相手の留守電に、

「佐原工業をクビになった坂本といいます。とても困っているので、なんとか助けてもらえませんか?」

と何度も入れてみた。

三十分置きぐらいに、部屋と公衆電話を行き来して六回目に電話はつながった。

不愛想な男が電話に出た。

「ふーん、おまえクビになったのか。そりゃ困っているだろうな。少しのあいだだったら、面倒見てやってもいいよ」

相手が親切そうでなかったから、よけい信用してしまったのだろう。

俺はとっさに言った。

「お願いします。どこに行ったらいいですか?」

「ああ、あと三時間したら迎えに行くから、荷物まとめて待っていろ」

電話は向こうから切れた。

荷物といっても、布団代わりの寝袋と、服と下着が二、三枚、タオル数枚、あとは作業着と安全靴一足が、俺の全財産だった。

部屋に戻って、小一時間で荷物はまとまってしまった。

生まれてから十六年と少し、さしていい思いもしたことがなかった俺は、次に行こうとしているところに対しての期待も特になく、とりあえず野宿しないで済むことをラッキーと考えただけだった。

疲れてうたた寝してしまったのだろう。

体を揺すぶられて起こされた。

「あ、すみません、お願いします」

最後まで言い終わらないうちに、男は外の車に乗るように、顎で促した。

ここでなんの疑問も持たなかった俺は、つくづく幼稚だったのだ。

車の中で、話す言葉が見つからずに黙っていた。

男からも言葉をかけられないまま、車はすっかり暗くなった郊外の道を走った。

町を二つ分通り過ぎたあたりで、やっと車が止まると、今まで住んでいた会社の寮より、さらに古い木造住宅の前だった。

(俺はどこまで連れてこられたのだろう)

不安になったが、それより恐怖心がまさって、なにも肝心なことを尋ねられなかった。

「今日は疲れただろうから、部屋にある物を食って寝ろ」

ぶっきらぼうに男が言った。

中に入ると、床に無造作にパンだのおにぎりだのの食料と、ペットボトルの飲み物が置いてあった。

お腹がペコペコだったので、盗むように急いでパンとおにぎり両方を上着の内側に隠した。

見回しても男はもういなかった。

俺は空腹を満たそうと、パンとおにぎりにかじりつき、ペットボトルのお茶で流し込んだ。

お腹が満ちたので、家の中をキョロキョロ見回した。

まだ部屋も与えられていないし、できれば汗も流したかった。

ふと外を見ると、また車が到着して、よろよろと歩く女性を別の男が家に引き入れている。

俺を連れてきた男が、女性を連れてきた男に、

「おい、気をつけろ！　誰に見られているかわかんねえんだぞ」

と声を荒げた。

さっきの男と、ほかに数人の男が、どこからか女性を連れてきて、得体の知れない液体を飲ませていた。

普通ならここで逃げ出すのかもしれないが、この日の俺はそんなことにも神経が麻痺するほどに疲れていた。

どこで寝ていいかもわからないから、玄関の端で眠った。

朝、台所で水を使っていると、昨日の男が
「お前まだ運転免許も持っていないのか、使えねえな。買い物とそのへんの掃除をやっておけ」

と、メモとお金を渡してきた。

逃げるチャンスはあったのに、それをしなかったのは、諦めてしまっていたからだ。

ここから逃げ出して、またどこかに行っても、自分の力で生きるには、どうしたらいい?

暗雲のように広がる不安を、頭から追い払うのに必死だった。

買い物に出かけた。

おにぎりやパンやスナック菓子、そして持てる限りのペットボトルの飲料、徒歩でこれだけの荷物を持って帰るのは難儀だった。

自転車なら乗れたのにな。

やっとの思いで木造住宅に戻った。

家に戻って、言われたとおり、そこいらを掃除していたら、あっという間に薄暗くなってきた。

危険は迫っている。

でも、考えないようにしていたのだ。

どこからか連れてこられた女性が、危険ドラッグを使われていた。

いや、その物体が危険ドラッグだと知ったのも、かなりあとのことになる。

その頃の俺は、臭い物に蓋をして、必死で自分に都合よく物事を考えようとしていた。

あの女に出会うまでは。

パンドラの箱が開いた

退屈していた。
とにかく毎日が退屈だった。
夫は今度、いつ帰ってくるのだろう。
盛りのついた猫のように、ただ異性を求め続けた。
優し気な言葉、写真で見る限り華奢な男。
この人なら大丈夫かな。
直感でそう思った。

すぐには会わない。
それがあたしのやり方。
毎日毎日、絶え間なくメールを交換して、毎晩毎晩、電話で話し続けた。

あたしの求めるのは、お金ではない。
あたしの求めるのは、肉体でもない。
かといって、今の生活を手放して、ほかの誰かと所帯を持ちたいわけでもなかった。
ただ、ずっと若くに結婚して、夜の仕事を続けてきたあたしは渇いていた。
夫とは、激しく愛し合ったわけではない。
なんとなく、双方の親の勧めで、気づいたら結婚していた。

きっと三年ぐらい我慢して、もう無理だったと言えば許してもらえるだろう。

ほとぼりが冷めたら、実家に帰ろう。

食費分ぐらいアルバイトすれば払えるし、実家もきっと居心地の悪いところではない。

父と折り合いが悪くて出てきたことを、すっかり忘れてそのときは自分に都合よく考えていた。

なんとかなるだろうと。

ときに人生にはなんともならないこともある、自分の意思に反してとんでもないところに流されてしまうこともあるのだ。

その頃のあたしは、すべてにおいて楽観的で、いろんなことに目をつぶって生きてきた。

将来に対して、悲観は微塵もなかった。

これから起こる辛苦を想像することもないほど、どうしようもなく若かった。

その男とは、もう一か月ぐらい、夜ごとに無料アプリの画面越しに逢瀬を重ねた。

まるでお互いがずっと昔からの知り合いみたいに、その男が、「これは運命だね」と言うと、うわべでは打ち消しながらも、あたしは内心うれしかった。

「そんなわけない」、そう思いながらも、「彼としばらくつき合えて、一生の思い出ができればいい」などと、ふわふわの綿菓子のような夢を見ていた。

ある日、男が痺れを切らしたように言った。

「そろそろ僕たちの関係を先に進めないか。キミに会いたいんだ」

あたしが同意すると、

「仕事が詰まっていて、夜中しか会えない」

と彼は言う。

このときに気がつくべきだったと、今、思ってもあとの祭りだ。

男が指定してきたのは、駅前になにもない都心から外れた寂れた駅、それも夜の十一時だった。

十一時？

違和感を覚えながらも、彼に会ってみたい好奇心のほうがまさって、あたしは駅に降り立った。

今日は何度メールしても、返信はない。

（忙しいのかな）

男は遅かった。

一瞬帰ろうかと思いながら、それでも一時間半、待ってしまった。

彼と話してメールした、一か月の時間があたしに彼を信用させたのだ。

淡い期待をしていたあたしは、彼のささやく甘い言葉を内心では打ち消しながらも、会ったこともない彼に対して、このときすでに恋愛感情を持っていたことは否定しない。

最終電車の時間が過ぎ、もう帰る手段がなくなってから、彼は車で来た。

黒いワゴン車の後部座席、疑いもせずに乗ってしまった。

「遅れてごめん、のどが渇いただろ？　よかったら、これ飲んで」

差し出されたのは紙コップ、のどがカラカラだったので、思わず一気に飲み干してしまった。

まだ春先だったので、冷たくないのも気にならなかった。

お腹が空いていたのに、彼とたわいもない話をするうちに、あたしの記憶はなくなった。


目が覚めたのは、古びた木造住宅の四畳半ほどの小部屋だった。

猛烈な頭の痛みと吐き気。やっと正気に戻って部屋を見回すと、あたしのほかに二人の若い女性がいた。

二人とも後ろ手に縛られている。

あたしはまだ眠っていたから無事なのか。

どちらにせよ騙されたのだ。

ここはあたしが来たかった場所ではない。
徐々に鮮明になってくる頭で、やっと自分が捕まったのだと理解した。
築五十年近いと想像する、とてもボロい家、とにかくここから逃げ出さなくては。
尿意を催したので、トイレに行こうと思った。
それに家の中が、どうなっているのかも、見たかった。
音を立てないように、そうっと立ち上がる。
引き戸を開けたところで、男に見つかった。
色の黒い大柄な男、このとき初めて彼の全身を見た。
「なんだ、お目覚めかい?」
彼の目は笑っていなかった。
強い恐怖を感じながらも、あたしは言った。

「あたしトイレに行きたいの。それに家に帰りたいわ」

男はあたしの頬を一発張った。

「逃げられると思うんじゃない。おまえにはいろいろ役に立ってもらわなきゃなんねえんだ」

男は手にナイフを持っている。

それでもあたしは怯まなかった。

「トイレに行かせてくれないと、家の中を汚して、ほかの人の迷惑になるわ」

「うるせえ！」

男は声を張り上げ、あたしの髪を引っ張った。

あたしは男をにらみつけた。

それでも失禁されるのが、嫌だったのだろう。

あたしをトイレに連れていった。

いかにも薄汚れた蓋のない洋式トイレで、用を足しながら目に入るものをすべて観察した。

「おい、遅いぞ。早く出ろ」

あたしが渋々出ると、さっきより機嫌が悪くなった男に、後ろ手にきつく縛られた。

なにか言って、ますます機嫌を損ねられたらまずいので、いったん黙った。

またさっきの小部屋に連れていかれた。

ようやく、この家の様子がわかってきた。

男は少なくとも、二人以上はいるようだ。

あと女性は、あたしを入れても四人以上はいるのだろうと、想像できた。

　トイレから小部屋に戻されたとき、反対側に行けば玄関なのだろうと思った。

　二階があるのかどうかは、この時点ではわからなかったが、この家はあまり大きくない戸建てだ。

　西日が当たっているところを見ると、角地なのだろう。

　できる限りの情報を、頭に入れた。

　突き飛ばされるように、部屋に押し込まれた。

　ドアがキーッと音を立てて軋んだ。

　すぐに男が戻ってきて、紙コップに入った液体を飲むように言われた。

　いったん拒否したが、縛られた腕をひねるように上げられて、

「腕の一本ぐらい折ってやっても、いいんだよ」

と凄まれた。

そのあいだにも、隣の部屋で女性の悲鳴が聞こえる。

上の階らしきところからも、

「お願い、殺さないで」

と女性の懇願する声。それに対して、

「うるせえ！　言うことを聞かないと殺すぞ！」

また別の怒鳴り声も聞こえてくる。

この家には一体何人の男女がいるんだろうかと、恐ろしくなった。

あたしは思考を止めるように、差し出された液体を飲んだ。

また記憶が飛んだ。


女性のすすり泣く声で目が覚めた。

一日に与えられる食事は、コンビニのおにぎり一個かパン一個のみだった。

あたしには、このへんから絶対にここから生きて出てやろうという、強い決心が芽生えていた。

女性たちは失禁しそうになると、トイレに連れていってもらえるようだった。

部屋に一緒に閉じ込められている女性が、代わっていることに気がついた。

それぞれ暴力を受けていて、いたるところに、あざや傷のある女性を見た。

泣いたり騒いだりすると、殴られたり蹴られたりした。

あたしは表面的には従順を装っていたので、後ろに縛られていた腕にロープの痕がミミズ腫れになっていたのと、打たれた頬が痛かったぐらいで済んでいた。

あたしの強い思いは、絶対的な決心になった。

（生きてここから出てやろう）

やり残したことを数えて後悔するより、これから先にやり遂げることに対して希望を持ちたい。

ここで殺されるようなことがあったら、死んでも死にきれない。


激しい頭痛で目が覚めた。

時間の感覚が消えていた。

ただわかったことがある。ここにいる男たちは、女性の体が目的ではないらしいということだった。

人体実験なのだろうか。

薬を混ぜられた液体を、それぞれが飲まされるか注射をされていた。あたしは最初から目立った抵抗をしなかったので、薬を注入される頻度がほかの女性より少なくて済んでいた。

あの薬は危険ドラッグというのだろうか。

いつの間にか、体を縛られている物が、ロープからガムテープに変わっていた。

両手両脚をガムテープで、きつく縛られて体中が痛かった。

男が何人か外へ出ていくのを気配で感じて、部屋の外に聞こえないように、無声音で同じ部屋にいた女性に話しかけてみた。

「ねえ、あなた一緒に逃げない？」

聞こえなかったのだろうか、返事はなかった。

薬の影響だろう、寒くはなかったのに、女性はガタガタ震えていた。

何度か彼女に声をかけたが、返事は返ってこなかった。

人はあまりにも恐怖が強いと、ほかの一切のことを考えられなくなるらしい。

また、あたしのなかに、ここから絶対に逃げるんだという気持ちが、断固として強くなった。

ほかの人を助けられるかどうかは、わからない。

まず自分が外へ出て、それからだ。

(逃げるっていっても、どうやって?)

とりあえず体力は温存しておこう。

あたしはそれから、ますます男に反抗しなくなった。

紙コップに入った液体も、黙って飲んだ。

非常に嫌だった得体の知れない注射も、抵抗せずにされた。

男はあたしを、従順なモルモットだと認識したようだった。

観察していると、暴行を受けて傷害を負わされているのは、騒いだり叫んだりしている女だ。


あたしは液体を飲まされて、しばしば気を失った。

そのうちに感覚が麻痺して、今が何日なのか、そして昼夜何時頃なのかもわからなくなっていた。

でも、こちらが冷静でさえいれば、必ずチャンスはくる。そして、それはそんなに間を置かずにやってきた。

朝、まだ暗い時間、珍しく家が静かだった。

男のうち二人は夕べ帰ってきていないようだった。

二階に多分二、三人、誰もが眠っているのか物音はしなかった。
ちょうど、昨夜トイレに行ったタイミングで、拘束も解かれていた。
あたしは今だと、直感した。
今を逃したら、逃げることはできないかもしれない。
そっと音を立てないように、立ち上がった。
息を殺して、玄関まで来た。
玄関横に誰か寝ている。
万事休すかと思った。
あたしが音を立てないように玄関の扉を開けると、その若い男も一緒に飛び出てきた。
とっさに捕まると覚悟したが、そうではなかった。
「走れ！」

若い男が言った。
二人とも無我夢中で走った。
七、八分で大きな通りに出た。
あたしは交番の表示を見つけると、迷わずに行こうとした。
若い男に制止されて、ふと足もとを見ると二人とも裸足だった。
でも、ここで迷っていたら、また捕まってしまうかもしれない。
構わずに交番に入った。
若い男も付いてきた。
交番勤務の警官が、裸足で駆け込んできた二人の男女を見て、驚いていた。
「何日間かわからないけど、男たちに捕まって拘束されていました。助けてください」

一気に言った。

ここで室内の空気が変わった。

今日が何日か聞いたら、最初に男と待ち合わせした日から、一週間目の朝だということがわかった。

警官が応援を呼び、あたしの事情は女性警官が聞くことになった。

一緒に逃げてきた若い男には、同じように若い男性警官が付いた。

それぞれに、違う小部屋に通された。

女性警官に、今日まで見聞きしたことを隠さずに話した。

あたしは堰を切ったように、話し続けて、ふと自分の全身を見ると、そこらじゅう汚れてドロドロだった。

あの若い男と逃げてきて、お財布も携帯電話も持っていなかったし、それにしてもよく靴も履かずにこれだけ走れたものだ。

時間が経ってみると、足はガクガクだった。

何日も、歩くことも許されず抑圧されていると、人間の機能は衰える。

今考えてみると、捕まった女性たちは逃げる気力も失くしていたのだ。

決して自慢できる話ではないが、どんなときも自分で嵌まってしまった罠ならば、自分で這い出てくるという気持ちを強く持っていたい。

調書を取られて、女性警官が病院に付いてきてくれた。

ひととおり検査をして、明らかに人体に有害なものは検出されなかった。

「もう懲りたでしょ。普通に奥さんしているのがいちばん幸せなのよ」

女性警官が言った。

あたしはその言葉に納得できなかった。

でも、わからんちんの両親に会いたいと強く思った。

あたしが監禁されて七日間、そのあいだ、捜索願いはどこからも出ていなかった。

苛立ち

初めて警察に駆け込んだとき、

「キミ、まだ若いんだからこんなことやらずに、もっと普通に生きたほうがいい」

応対した警察官に言われた。

幸い検挙はされず、厳重注意で済んだ。

ちょうど、父さんみたいな年齢の警察官が、滔々と話して聞かせてくれた。

「まず、自分の呼び方から変えてごらん」

初めは僕と言うのがこそばゆかった。

当時、僕には普通がわからなかった。

母さんみたいに朝から晩まで足を棒にして歩き回り、ガス器具の注文をもらってくるセールスは、普通なのだろうか。

まず、アルバイトニュースを買った。

でも、僕には住所も携帯電話もない。

そのうえ、小銭しか持っていなかったので、住み込みの仕事しかできない。

いくつか面接を受けにいった。

中卒で親もいない僕に、世間は冷たい。

やっと小さなネジ工場の、見習いに採用された。

四畳半だけど部屋ももらえて、うれしかった。

仕事は油まみれになるが、一つひとつネジができていく工程の一部を僕が担っているという満足感を得ることができた。

給料は、部屋代と光熱費、食事代を引かれて手取りで四万三千円、安いのか高いのかわからなかったが、なんとかやっていけた。

ただ直属の班長が、なにかにつけて僕の粗探しをすることだけが不快だった。

この班長の男は、工場で作業をする六人のなかでいちばん年長で、作業員に対しては分け隔てなく嫌味なやつだ。

その日の自分の気分次第で、下の者に当たり散らした。

特に帰りがたまたま一緒になって、飲みにいこうという誘いを断ろうものなら、ひと悶着あるそうだ。

そして、お酒を飲むとますます嫌味に磨きがかかり、さんざん悪態をつかれたあげく、お会計は一円単位まで割り勘なのだと、年上の作業員が言っていた。

僕は未成年なので、当然飲みに誘われたこともなく、その点だけは助かった。

班長は、五十代半ばで痩せていたが、背は僕より低く、頭髪はかなりさびしいものがあった。

班長は、四十代の経理のおばさんと、六十を過ぎたぐらいの社長には、人が変わったように低姿勢になる。

相手を見て態度を変えるのも不愉快だった。

それでも今までだって、よいことより不快なことのほうが多かったと思い直し、我慢しようと思った。

従業員八人の小さな工場、いつまで経っても、僕はいちばん下っ端だった。

ある朝、僕の日常は一変する。

工場に出勤したときに大騒ぎになっていた。

ネジ製造工程のラインが止まっていた。

その事態が、こともあろうに僕の責任になっていたのだ。

製品のネジの溝のわずかなズレが、僕の責任だというのである。

昨夜作業をやりかけて、そのまま帰ってしまったと言われたが、いつもの終業時と変わったところは、いくら考えても僕には思い浮かばなかった。

仕事の最後に班長が確認して、ラインを止めて帰るのがいつもの習慣だったから、「あとの不手際を僕の責任にされても困ります」と主張したが、一蹴されてしまった。

僕にネジの溝の幅を決める権限が、あるわけがないじゃないか。

社長の奥さんは、かばってくれた。

でも、小さい町工場は、僕の面倒まで見切れなかったのだろう。

社長に明日から来なくていいと言われた。

約十か月が過ぎていた。


次に勤めたのは、新聞販売店だった。

新聞を配ってくるだけだと高を括っていた。

このあたりから、僕は図々しくなっていた。

ずっとうまくいっていなかったから、ヤケを起こして開き直ったのだ。

軽く見ていた新聞販売店の仕事は、新聞の新規契約まで取ってこなくてはならなくて、なかなか難しかった。

以前は新規顧客を開拓する専門の営業が別にいたのだが、売り上げが厳しい状況で人員削減が行われた。

僕はなんとか残った。

クビにならないように、毎日、必死で頑張った。

店の二階が、販売員の寝泊まりする部屋として宛がわれていた。

六畳間だったが、個室ではなく二人部屋だった。

僕はドア側の半分を使用していた。

母さんと住んでいた、小さなアパートを思い出した。

記憶のなかのアパートの部屋は、西日が当たりとても暑かったが、店の二階の部屋は低層のビルが隣接していて、朝も昼も日が当たらず薄暗かった。

　同室になった男は、おとなしいタイプで気配がなく、トイレやお風呂のときに僕の居住スペースを横切られると、いつもびっくりした。僕が先に住んでいたが、お互い挨拶もせずに、そいつは数か月で辞めて出ていってしまった。

　この店には、販売員が十人いた。住み込みは六人で、近くから通っているのが四人だった。

　新聞販売員の仕事は、深夜の二時に始まる。自分の受け持ちの家に配達する部数を揃えて、間違えないように数を確認しながら、広告を新聞に挿入していくのだ。

　朝の四時には自転車に積んで、販売店を出る。

　朝の五時前から、家のポストの前で、新聞が届くのを待っているお年寄りがいるので、一日として気が抜けない。

晴れた日はよかったが、雨の日、嵐や雪の日など、天候の悪い日は配達が嫌になることもあった。

朝刊を配り終えて店に戻ってくると、朝八時を過ぎる。

賄いはついていないが、店にある粗品用のインスタントラーメンの賞味期限の切れているものが販売員の食事になっていた。

食べ終わると二階へ上がって、仮眠を取った。

午前十時には起き出し、小ぎれいな格好をして、新規顧客の獲得に出かける。

スーツはかえって相手を警戒させるから、配達のときのジャージをシャツとズボンに着替える。一日約五十軒の訪問がノルマだった。

五十軒営業して回っても、一軒契約してくれればよいほうだった。

悪いときは、一軒も契約が取れない日が三日ぐらい続いた。

短い周期で、販売員が入れ替わっていた。

みんな、新規顧客を見つけられないで、つまずくのだ。

一週間新規の契約が取れないと、店長に嫌味を言われた。

でも、ここの店は今まで勤めてきたなかでは、いちばんまともだと僕は思っていた。

午後三時から、夕刊を数えはじめる。

夕刊を配り終えたら、電話営業をして、好感触なら会う約束を取りつけた。

店長の奥さんが、機嫌のよいときは、料理を差し入れしてくれたが、それも一週間に一度あるかないかだ。

昼飯と夕飯は、自分で調達した。

毎日、足が痛くなるまで歩き回ってクタクタで、シャワーもそこそこに、部屋に備えつけの布団に潜り込むと、時計を見る暇もなく日々が過ぎていった。

そのうちにインターネットが普及して、ニュースを電子版で読む時代になり、紙の新聞の発行部数が激減して、居住形態も大型の集合住宅が多くなった。

二年近く勤めたが、大学卒の頭の切れるやつに、取って代わられた。世の中は超就職氷河期で、大学を卒業していても新聞販売店に就職する人もいるのだ。

僕は次の月締め日に、あっさりとリストラされた。

その次に勤めたのが、夫婦だけでやっている小さな食料品店だった。

店長の夫は昔気質の無骨な人だったが、奥さんは愛嬌のある話好きな人で、誰にでも人当たりよく話しかける。

この店は、奥さんの人柄でもっているようなものだ。

もうここでダメなら最後と思って、張り切って商品の品出し、陳列、販売と朝早くから、夜遅くまで勤務した。

一日十時間以上働いたと思う。

経営者の夫婦は年を取っていたので、重宝された。

この時点で給料は、部屋代・食費・光熱費を別にして、手取りで八万五千円だった。

店の仕事にも慣れた頃、お客さんとして現れた一人の女性が気になりはじめる。

気になるというか、彼女が来店すると、僕は気もそぞろになった。

彼女はとても痩せていて、肌の色が白かった。
白い肌は太陽が当たると、向こうが透けて見えそうに思うほどだった。
特別に目立つ容姿ではないが、目が大きく顔立ちが整っていた。
彼女のことを考えると、眠れない夜が二週間以上続いた。
でも、初めての告白は、なんて言えばいいんだろう。
(振られたらどうしよう……)
(さすがに店で言ったらまずいよな……)
同じ思いが堂々めぐりして、ますますあの娘《こ》を意識した。
チャンスは突然訪れた。
店が従業員を増やして、早く帰れる日ができた僕は、夜八時頃買い物に出かけた。

いつもは通らない道で、なんと彼女を見つけたのだ。

(今しかない、言うんだ俺！)

気が動転した。

それでも思い切って、ありったけの勇気を振り絞って、彼女を呼び止めた。

「あの、僕とつき合ってほしいんだ。もちろん最初は友達として」

すらすら言葉が出てくるわけがない。

やはり語尾が上ずってしまった。

彼女は明らかに不機嫌で、迷惑そうだった。

僕を一瞥して、苦々しく言い放った。

「あなたの態度に、女性が好感を持つと思っているの？　その卑屈な態度で、あなたはなにか得をすることがあるの？」

あまりの彼女の言葉に、僕は気を失いそうになった。

どうやって、店の裏にある部屋まで帰ったのか覚えていない。

僕は二十四歳で、季節は春なのだ。


店は人員の拡充で、新人が二人入ってきた。

誰かと比べるから、自己嫌悪に陥るのだろう。

ある日、僕より一年近く遅れて入ってきた年下の男より、給料が二万円安いことを知った。

悔しいというよりモヤモヤして、モヤモヤしたまま何日も過ごして、眠れぬ夜が続いたので、勤務中ぼうっとして発注ミスを起こしてしまった。

経営者の店長に怒られて、嫌になってタガが外れてしまった。

次の日、僕は初めて、ズル休みをした。

人間は一度タガが外れると、軌道修正するのに時間がかかる。

まだ若かったので、この頃は給料の金額にこだわったし、自分より経験の浅い人が高い給料を取ることが許せなかった。

今思えば、家族経営の店舗などで働いていたから、些細なことでイライラしたのではないか、若いうちにもう少し条件のよい職場に変わることができたのではないか、という気がする。

狭い店内で、ギスギスした人間関係に嫌気が差していたことがわかったのだろう。

よく店に来る近所の奥さんから、「よかったら、家の仕事を手伝わない？　ここより高い給料を約束するわ」と誘われた。

それが、なんでも便利センターだった。

初めは詐欺をやる会社だとは思っていなかった。

もちろん、表立って会社ぐるみの詐欺をやるわけじゃない。表向きは看板どおり、なんでも屋だ。一般家庭に飛び込み営業して、仕事を取ってくる。

裏の顔が相手の弱みにつけ込んだ、高額のサービスだった。

高齢者や未亡人の奥さん、奥さんに先立たれた男性は、話を聞いてあげるだけで、おもしろいほどお金を落としてくれた。

一度成功体験を持つと、人間は歯止めが利かなくなる動物である。

僕は普通になろうと意識した時期に彼女と出会い、一生頭から離れない言葉を言われた。

この言葉を逆手に取って、自分の特性にしてやろう。

卑屈であるということは、強いのだ。

へりくだりながらよく相手を観察して、ピンポイントで懐に入る。自分の特性を最大限に、活かす術を身につけた。身の上話も、かわいそうな僕を演出するのに役に立った。

そのときの僕は、住まいも携帯電話も持っていなかったこれまでの境遇を完全に忘れて、慢心していた。

高齢者を相手にするときは、実際よりも自分を下に見せるほうが、プライドを満足させて相手がよい気持ちになる。相手に施しをしている気分にさせるのが、より大金を出させるコツなのだ。

この会社での僕の売り上げは、ダントツだった。

僕はいつの間にか、罪悪感が麻痺していた。

よかったら、お手伝いしますよ

もう七、八年、子どもたちの顔を見ていない。

九年前、夫が突然倒れて見送って以来だ。

私はまだそれほどの年齢ではないし、普通に日常生活は送れている。

子どもは二人ともそれぞれに所帯を持って、息子はローンを組んで地方都市に戸建てを買い、娘は都心にマンションを借りて、母親のことは頭の隅にもないようだった。

よくテレビで観るような、高齢者が巻き込まれる事件、そんなものに引っかからない自信があった。

あれは認知症にかかった年寄りが、巻き込まれる事件だ。

定年まで働いて、わずかばかりの退職金と、自分の年金、あと夫の遺族年金があったので、自分の老後の心配は、まったくしていなかった。

「夫に先立たれ、あとは大好きな温泉に年二回ぐらい行って、何年かに一度パックの海外旅行でもできれば上等だわ。私のような人生を、まあまあ幸せというのじゃないかしら」

と自分に言い聞かせ、信じ込ませていた。


それはある年の九月の終わりのことだった。

大きな台風が上陸した。

雨というより風で、庭の草花は軒並み、なぎ倒されていた。

私は朝から途方に暮れて、庭に立ち尽くしていた。

そんな折、門のインターホンが鳴った。

庭にいた私と目が合ったのは、あまり背は高くないが好青年だった。

薄い青色の上着の襟もとから白いTシャツが覗き、下は濃い紺色の作業ズボンを穿いていた。

スーツでないところに、親近感が湧いた。

まくられた上着から出た腕が、たくましい。

中肉で、彼がすこぶる美青年でないところが、よけいに私を信用させる。要するに、私のタイプなのだ。

「よかったら、お手伝いしますよ」

彼は悪びれずにそう言った。

私は彼があまりにも好青年で、それにそのときなぎ倒された草花の始末に困っていたのは本当だったので、深く考えずに門を開けてしまった。

彼はそれが商売なのかボランティアなのかも告げずに、私が持っていたビニール紐を取り上げた。

そして瞬く間に、庭でなぎ倒されていた草花をまとめて、

「はい、終わりましたよ。ほかにお困りのところはありませんか？」

とても手際がよかった。

そして、彼の所作はとても自然に思えた。

私は浅黒い、まだ夏の匂いのする青年に見惚れていた。

胸のドキドキを悟られないように、彼に労いの言葉をかけた。

「もう大丈夫よ。汗びっしょりで、暑かったでしょう。冷たい麦茶持って来るから、飲んでいってちょうだい」

少しの恐怖心はあるものの、このまま彼を帰してしまうのは、惜しい

と思った。

なにしろ人と話すのも、約二か月ぶりなのだ。

彼は人懐こい笑顔を向ける。

「はい、それでは遠慮なく。あっ、その前に手を洗わせていただけますか？」

私はタオルを取りに家の中に走った。

タオルを持って出てくると、青年は庭の洗い場で水を被ったようで、頭からずぶ濡れだった。

「あら、気がつかなくて、ごめんなさい。大きいタオルのほうがよかったかしら」

「いえ、そんなに濡れてませんから。まだ暑いので、放っておけば乾きますよ」

私の息子は神経質で、こんなときはシャワーを浴びて衣類を全部取り替えただろう。

娘に至っては、台風のあとの庭の始末を頼んだら、あからさまに顔をしかめて、「えー！　お母さんやってよ。私汚れるの嫌だわ」と、手も貸してくれないだろうと、私たち親子の今の関係を表す光景が頭をよぎった。

庭にある小さなテラスで、トレーに乗せた冷たい麦茶と焼き菓子を出した。

彼はのどを鳴らして麦茶を飲み、お代わりして、それも瞬く間に飲んでしまった。

麦茶の大きなボトルを空にして、申し訳なさそうに言う。

「あっ、奥さんの分まで飲んでしまいましたね、すみません」

「いいのよ、私一人じゃほとんど減らなくて、二日経つと捨てているんだから」

彼の飾らない人懐こさが、私の警戒心を解いていた。

気がつくと、戸建ての家で一人暮らしをしていることと、子どもはそれぞれ所帯を持って離れて暮らしていることを話してしまっていた。

「あの、お礼にいくらか」と言いかけたが、私の言葉が聞こえなかったように、彼は名刺を差し出した。

名刺には「なんでも便利センター　坂本曜」と書いてあった。

この日の作業代は、請求されなかった。

タダほど高いものはない。

私はこのあと、身に染みて思い知ることになる。

坂本曜は、それから週に一度はわが家を訪れるようになった。

相変わらずの人懐こい笑顔で、

「近くまで来たんですが、なにかお困りのことはありませんか？」

と微笑む。

こちらがなにか頼まなければ済まない雰囲気に持ち込むのが、彼はとてもうまかった。

心のどこかで警戒していたが、子どもが誰も寄りつかなくなった家の中には、壊れているところや、手が届かない場所、動かなくなった電気製品がいくつもあった。

私はこの坂本曜という青年が、時折見せる、どこか物悲しいような、影のある表情に惹かれていた。

それに、なにより私も寂しかったのだろう。

彼が来る日に一つずつ、家の中の不具合が直っていくのも、うれしかった。

もともと夫も器用なほうではなかったので、恥ずかしかったが家のなかには不具合ならいくらでもあった。

「頼んでいいの？　悪いわねえ」

そう言うと、彼はこれ以上ないくらいの、うれしそうな顔をした。

初めは一件一万円。でも気がついたら、一件三万円から五万円に料金が上がっていた。

人が好いことに私は、彼が来る日に、お茶だけでなく夕食まで用意するようになった。

夫の遺族年金と、自分の老齢年金、合わせればまだ随分と生活に余裕があると思っていたのだ。

それでもさすがに、料金が高いと思って、ある日、「もうこれ以上は、坂本くんを頼むのは無理だわ」と言ったことがある。

彼はふだんから見せる物悲しい表情を、より一層濃くして、本当に目に涙を光らせた。

「え？　僕こちらの仕事がなくなったら、給料出ないんです。今の会社以外に行くところないんです。もう生きていけなくなります」

涙を流しながら訴える様子を見て、私は悲しくなってしまった。

私はつくづく、自分をバカだと思った。

でも、どうしても彼を手放したくない。

また一人の、何か月も誰も訪ねてこない、彼と会えない日常に戻りたくないという気持ちが強かった。

彼を好ましいと思うよりも、今では情が移って彼はいつの間にか、息子以上の存在になっていた。

あとから考えれば、私の言動は逆効果だったのだ。

次の来訪から、彼の要求が変わった。

私が頼む家の用事はやってくれるのだが、必ず帰り際に金を無心するようになった。

最初は、どうしても月の売り上げが足りないと言った。

「今月、あと二十万あれば、僕ノルマクリアなんですよ。あと二十万がどうしても、足りないんです。奥さん、なんでもしますから、お金貸してくれませんか?」

私は内心とても困ったことになったと思った。

その頃にはすっかり彼を信用していたので、家の中のほとんどのことを彼に頼んでいた。

彼に留守番を頼んで、買い物や病院通いまでしていた。

本当に彼を信用し切っていた。

いや違う、少なくとも私の感情は、異性に対する気持ちになっていたのだ。


別れは突然やってきた。

ある朝、警察官が二人、家に来て坂本曜が逮捕されたという。

捜査に協力してほしいと言われた。

なんとなく予感がしていたので、言われたことには驚かなかった。

家の中に入って、彼に直してもらった箇所、さまざまなことを手伝ってもらって、いくら支払ったか、細部に至るまで尋ねられた。

最後のほうは警官はあきれ顔で、それでも内訳を聞き取った。

「奥さん、この二年あまりで三千万円近くになりますよ。こんなになるまで気がつかなかったんですか？」

私は知っていたけど、認めるのが怖かった。

彼に会えなくなるのが、なによりも嫌だった。

うまく説明できないけど、この二年間幸せだった。

そう思っても、とてもそうは言えなかった。

間もなく、警察から連絡を受けた息子が、慌てた様子でやってきた。

そして激しく私を責め立てた。

私のことが心配だったわけではなく、結果として盗られた三千万円が許せなかったのだ。

「お袋、ぼけたのか？　まったく、こんな金額を騙し取られるなんて信じられない。そんなにぼけているんだったら、施設に入れるよ」

息子がこれほど強く私を責めたことはないので、反発しても無駄だと思って黙っていた。

私は坂本に騙されたことより、彼の余罪があまりにたくさんあって驚いた。

二十四歳頃から彼は、二百人以上の高齢者を騙していたと聞かされた。その被害が明るみに出なかったのは、高齢者が騙されたのを恥ずべきことと、黙ってしまっただけではない。

坂本のことを可愛いと思ったからだと思う。

警察の話でも、坂本のことを悪く言う被害者はいなかったそうだ。

ただ、手口がすべて同じだったということに、私の心情は複雑だった。

私だけ特別ではなかったのね。

坂本が高齢者から騙し取った金は、約七年間で約五億円もの金額で、一人数十万から百万円ぐらいがいちばん多いという。

今回の事件の被害額は、十年間で総額五十億円あまりと言われた。

この騙し取ったお金は、なんでも便利センターの社長夫婦以下社員の生活費、特に社長の遊興費に消えたことを聞いた、この部分には腹が立った。

坂本には高齢者の懐に入り込む、特技のようなものが身についていた。

警察官に強く被害届を提出するように言われて、渋々届を出したのが、私を含めて三十人だった。

逮捕者は、社長夫婦と坂本を含めて二十人にのぼった。

全社員の三分の二だった。

こうなった今も、坂本にもう会えないことが信じられなかった。

私は気持ちの整理ができるまで、認知症になったふりをしようか、否、このまま狂ってしまいたいと強く思った。

それからの私の生活は悲惨だった。

まだ七十歳を過ぎたばかりで体は動くのに、息子が嫁を連れて家に頻繁に出入りするようになった。

娘も急に家に来るようになった。

子どもたちは、母親が若い男に狂ったか、本当にぼけてしまったと思ったようだった。

毎日のように誰かに監視され、とても不自由を強いられた。

子どもにしてみれば、そう思うのだろう。

子どもの監視の目を盗んで、私は警察に嘆願書を書いた。

彼に騙されたほかの高齢者からも、同様の署名が集まっていると聞いたからだ。

坂本曜のやったことは悪いことだけど、あの子は心の底から悪い人間ではない。

これだけは私自身が深く信じて、疑っていなかった。

「なんとか坂本曜の罪を軽減してください。なんとか彼に、やり直しのチャンスをお与えください」

拙い文で、平仮名だらけだったけど、必死に便箋に文字を記した。

「坂本曜が家に来て、幸せでした」で締めくくった手紙を、地域の警察署長に送った。


それから、私は心を閉じた。

心を閉じていなければ、とても耐えられなかった。

近所の人からも、好奇の目で見られ、息子や娘のつれあいには、当たり前のようにいくつもの嫌がらせをされる。

食事も満足に与えられずに、外に散歩に出る機会さえ奪われた。

それから間もなく、私は施設に入れられることになった。

施設とは名ばかりの、質素で古びたマンションだった。

サービス付き高齢者向け住宅とは名ばかりで、食事はとても粗末なものだった。

時々食事を抜かされていると感じるのは、私がぼけているせいだけではない。

ほかの入居者にも、「食事が三食出ないわね」と言われたことがある。

なにより嫌なのが、トイレの掃除がされないことだ。

それでも家にいて、子どもたちからチクチク嫌味を言われるより、ここの生活のほうが何倍かマシだと思った。

私はできることなら、坂本曜の記憶ごとなにもかも忘れてしまいたい、本当に認知症になってしまいたいと願っていた。

今までのすべてのことが現実で、その延長で現在の生活を受け入れることは、みじめすぎる。

なぜ大金を坂本に支払ってしまったのか、あのときは運命の大きな渦のなかにいた。

あとになって考えてそんなバカなことをと、自分で思ってみても、人は知らずに落ちてしまう魔の刻がある。

強いて言うなら、あれは魔が差したのだ。


私が施設に入所して、もう何か月経ったのだろう。

誰も面会に来ない。

同じように、家族が会いにこないのだろう。

逃げ出そうと試みる、老人がいる。

連れ戻されて、家族や施設の職員に怒鳴られているのを聞くと、私たちは施設にとってお客様ではないのだと、つくづく思い知る。

お風呂に入った帰りに、ほかの部屋からこんな会話が聞こえてきた。

「もう二度と関わりたくないんですよ。死んだら無縁仏として埋葬してくれませんか？　これでお終いにしてほしいんです。死ぬまでにかかるお金は払いますから」

そう言ったのは入所者の息子だろうか。脇で聞いていたであろう、お父様かお母様は会話の内容がわかっていたのだろうか。きっと家の息子も、内心似たようなことを考えているのだろう。

このようなことになって、親を敬えなどと言うつもりはない。

でも、自分たちさえよければいい、それも違うだろう。

子どもたちは、親の気持ちに思いが至らないのだろうか。

夫が私に遺してくれた家も、若い頃毎日手入れした庭も、すべて潰されて売られてしまうのだろうか。

家族とは、親子とは、なんだったのかしら。

私は子どもに、介護してほしいとは思わない。

手厚く看取ってほしいとも、思わない。

親に感謝しろなんて言わない。

ただ私は自分にできる精一杯、子育てをして家事もしてきた。

それに子どもが所帯を持って、一国一城の主になる際には、多少なりとも援助はした。

夫に早くに先立たれて、やっとやりたいことができると思った矢先、つけ入ってきたのが坂本だ。

私にはどこを探しても、彼を恨む気持ちはなかった。

恋というのじゃないけれど、ただの一回だけ幸せを噛みしめてみたかったのが、そんなに悪いことなのか。

私は毎日砂を噛む思いをして、生活をしている。

いくら考えても、将来が見えない。

このまま消えてしまいたいとさえ思う。

それでも生きているのは、ここで死んだら息子たちの思う壺だからだ。

毎日の歩行訓練にも参加している。

もう温泉にも海外旅行にも行けなくなってしまったけど、時折、夢に出てくる坂本の笑った顔、それを思い出せば、どんなにつらい生活でも耐えていける気がする。

二度と会うことも言葉を交わすこともないけど、たった一度の幸せな記憶を持って冥土に旅立てる私は、たしかに不幸せではなかったのだ。

今夜も優しい夢が見られますように。

夢の記憶

私は三十五歳になっていた。

いつ寝ているのか起きているのかわからない不規則な、その日暮らしが続いている。

巷では、ウイルス性の感染症が流行していた。それまで大病をしたことがなかった私が、この感染症に罹患した。

やっと真面目に働こうと、国民健康保険に加入してすぐのことだった。

一緒に働いていた二人が、保健所へ行ったきり戻ってこなかった。

私も濃厚接触者と言われ、検査を受けるために、発熱外来に行くように保健所から電話がかかってきた。

初めは厄介なことになったなと、無視していた。ところが発熱の症状が出て、日に日に具合が悪くなり、とうとう息が苦しくて歩行もままならなくなってから、私は指定された医療機関を受診した。

よい機会だったと思う。

鼻に綿棒を入れられ、粘膜から粘液を採取されて、しばらく待つように言われた。

検査はかなり迅速化していたとはいえ、三時間以上待った末に陽性の結果が出た。

「至急、入院の準備をしてこちらの病院へ行ってください」

と言われて、事務的に書類を渡された。

頭が真っ白になった。

（え？　入院の準備って、なにをどのくらい持っていけばいい？　お金はいくらあれば足りる？　仕事は休めるのか？）

一度にさまざまな疑問が浮かんだ。

わからないことをわからないままにしておいてもいいことはない、これが一人で生きてきた私の信条なので、フェイスシールドを付けた年配の女性に尋ねた。

彼女はおっくうそうに一瞬顔をしかめたが、何度も同じ質問をされているのだろう、まるでＡＩの受け答えのように、感情の起伏を見せないままに、プリントアウトした書類を渡してよこした。

私の住む地域の自治体では、感染症の濃厚な疑いのある人の検査費用、入院の基本料は無料らしいが、差額ベッド代金や入院保証金などに関する記述と、さらにわからない文言が書いてあった。

さっきのフェイスシールドの女性は、見当たらない。

困惑したまま、先にもらった書類の病院に電話をかけた。

私の話はすでに伝わっているらしい。

「下着と洗面用具だけを持って、一刻も早く受付にお越しください。なお感染症の患者さんの出入り口は、一般の患者さんとは別になりますので、わからなかったら、必ず職員にお聞きください」

かなり早口でしゃべって電話は向こうから切れた。

とりあえずアパートに戻り、下着を一週間分かき集めた。

あとは、ふだん使っている洗面入浴セットを用意し、病院から指定された入院保証金は院内にＡＴＭがあるそうなので、そこで下ろしていこう。

体調の悪さでフラフラして、しかも、入院という初めての経験に不安と緊張感が高まるなかで、私は準備ができたことを伝えるために、病院に電話をかけた。

書類にそう指示があったのだ。

「公共交通機関は、使ってはいけないんですよ。民間の救急車を手配いたしますので、それをご利用ください」

検査から帰ってきて、また熱が上がって具合が悪かったので、なにを言われても、そのときの私は従っただろう。

三十分ばかり待っただろうか。

玄関のチャイムが鳴った。

仰々しく防護服を着た男性が立っていた。

「坂本曜さんですか？　部屋の戸締りをして後部座席にお乗りください」

「あの、何日ぐらいかかりますかね」

私の問いに答えはなかった。

立っているのもやっとの状態だったので、黙って男性の指示に従った。民間の救急車は、タクシーより乗り心地が悪かったが、もうこの時点でなにかを考える余裕はなかった。

ビニールで仕切られた後部座席のシートに深く座ると、安心するよりこれからどうなるんだろうという不安が大きかったが、そんなことを考えるより、私はただ疲れていた。

迎えにきた、民間の救急車の運転手に問われたことにも曖昧に返事していうるうちに、私はうとうとしてしまったようだ。

病院に着いて車が裏門のようなところを入って、起こされた。

緊張から、よけい熱が上がった状態で、私は言われるままに車を降り、指定された通用口から病院に入った。

待っていたのは驚くほどの量の書類だった。

入院の証書と事前の問診票、さらにこの病院の規則と説明、これだけでざっと四十ページ以上はあった。

（こんなとき、頼りになる家族がいれば、雑務全部を引き受けてくれるのに）

思ったところで、私には家族はいない。

朦朧とする意識を無理やり保ち、どうにか証書と問診票を書き上げた。

なんとか我慢して、三十分ほど過ぎたとき、看護師らしい人が入ってきた。

そのとき気づいたのだが、この建物はあとから付け足されたものらしい。細長い部屋が細かいブースのように仕切られていて、ほかの部屋にも人間の気配がした。

これで終わりかと思ったら、それから延々と一時間以上、採血採尿、既往症の有無など、診察は続いた。

すでに時間は午後三時を過ぎていたが、朝からなにも食べていなかったので、気が遠くなり、倒れるかと思った。

まだ医師らしき人には会っていない。

看護師が「こちらへどうぞ」という方向に付いていくと、やっと三人乗れるぐらいのエレベーターに通された。

エレベーターが止まると、車椅子が用意されていた。

来るときと違う看護師が、

「これに乗ってください。なるべく車椅子の肘掛け以外には触れないようにしてください」

私は忠実に従った。

ここが何階なのかもわからない。

この病院のスタッフは、誰もが防護服を着て、顔のほとんどの面積をゴーグルとマスク、目深に被ったフードで覆っていて人の表情は窺い知れない。

若いのか年配なのかもわからない。

私の乗った車椅子は、廊下の突き当たりの部屋の前で止まった。ドアノブを特殊な道具で開けて、私を車椅子に乗せたまま部屋に入った。

「お部屋はここになります。荷物を降ろして、貴重品はベッドサイドの引き出しに入れて、鍵は必ず腕につけてください」

ここで初めて彼が男性看護師だと知った。

こんなに具合の悪い思いをしたのは、生まれて初めてだった。

朝からずっと緊張して、我慢していたからだろう。

病院指定のパジャマが届けられ、着替えてベッドに横になったところまでで、記憶が止まっていた。


目を覚ましたのは、夜半過ぎだった。

朝からなにも食べていなかったのに空腹を感じない。

ふと見ると左腕には、点滴がつながれていた。

巡回してきた看護師に、トイレに行きたい旨を伝えると、部屋のトイレを使用して、部屋からは許可が出るまで出入りをしないように言われた。

トイレに行こうとして立ち上がったが、フラフラして点滴スタンドにつかまっても数歩歩くのがやっとだった。

なんとか壁のてすりにつかまりながら、トイレを済ませた。

ベッドまで数メートルしかなかったのに、帰りはふらついて転びそうになった。

熱が上がってきたのと、猛烈なのどの渇きを感じた。

部屋を出る許可がないので、迷ったがナースコールを押した。

「どうしました？」

男性の声だ。

「のどが渇いたので、飲み物をください」

「はい、少しお待ちください」

そして現れたのは、入院したとき部屋に案内してくれたのとは違う男性看護師だった。この病院は、男性患者には男性の看護師がつく決まりがあるらしかった。

経口補水液を手渡された。飲んでみたけど冷たくない。

そう言うと、

「熱のあるときは、あまり温度差のない常温の飲み物にしたほうが、内臓に優しいですよ」

と、彼は言った。

そんなもんかなと、納得した。


なぜこうなってしまったのだろう。

この際だからよく、今までのことを考えてみようと思った。

未成年のうちから、両親がいなくなり、私は路頭に迷ってしまった。

両親の離婚は、私の責任ではないが、今まであまりにも場当たり的に生きてきたから、こうなってしまったのだろう。

私が十六歳の夏、母が脳梗塞で突然死んだ。心の準備もなにもできていないままで、お金もなかったので、葬式も出せなかった。

母の会社の人に聞いた話だが、一日三万歩近くも歩き、住宅地を一軒一軒訪問して、ガス器具を売り歩いていた。

遺体になって初めて見た、母の足先はひどい外反母趾になっていた。

些細な理由で高校に行かなくなり、毎日怠惰な生活を送っていた私を、母はどんな思いで見ていただろう。

母は本当に仕事が好きだった。

極論を言ってしまえば、母は結婚すべきではなかったし、親にも向いていなかったと思う。

私が物心つく前から、ひどい夫婦喧嘩をして近所の人や、警察までもが仲裁に入る事態になったことが何回かある。

父は私を置いて出ていった。

父も私に対して、愛情も執着もなかったのだ。

どこかへ連れていってもらった思い出も、なにかを買ってもらったことも、なにも記憶にない。

これは、産みっぱなしと言うのではないか。


そして最初に勤めたリフォーム工事会社、社長はもともと、しっかり会社を経営して利益を出し、社員を育てていこうなどとは考えていなかった。

どこかで仕事にあぶれている人間を引っ張ってきて、とりあえず仕事の契約を結んで、人員だけを配置する。

ほとんどが素人ばかりだから、当然、工期に間に合わない。

最初の着手金だけ取って逃げるか、いい加減な仕事をする。

国から出る補助金や、従業員に対するあらゆる手当てを搾取して、半年しないうちに、難癖をつけてクビにしてしまう。

そしてお客や元従業員から訴えられそうになると、逃げてまた違う土地へ行って、事業を起こす。

そんなことをくりかえしていた。

かなりあとになって相談にいった社会保険労務士の人が、不当解雇で訴えれば、少なくても一か月分は給料をもらえたと教えてくれた。

だからあの会社は、若くて無知な未成年を進んで雇用していたのだ。

その後、何か月間か置いてくれた男たちは、ボスが以前薬剤開発の仕事をしていて、危険ドラッグの密輸に手を染めていた。

それでお金になると踏んだので、人体実験を始めた。

インターネットで多額の謝礼を匂わせれば、それに釣られて女性はいくらでも付いてきた。

その女性を薬漬けにして、金品を搾取していたのだ。

そんな事件に巻き込まれてしまったのは、ひとえに私がいかになにも考えていなかったかということである。

死者が出なかったのがまだしも救いで、大きなニュースにはならなかった。

のちに私がお世話になった弁護士に調べてもらったところ、あのとき警察が動いて、捕まっていた女性は皆救出されたそうで、それを知って安堵している。

あのとき、逃げるきっかけをくれた「ともえ」という女性は、大した度胸を持った女性だと、感心した記憶が今でも鮮明に残っている。

絶対にここで命を落としてなるものかという、強い思いがあれば、人はどんな状況からでも脱出できるということを、身をもって私に教えてくれた。

結果的に私も加担したことは事実なので、二度とこのようなことのないようにと、反省するとともにあのときの恐怖を忘れないと胸に誓った。

この事件については、私の余罪を追及されたときに、警察と国選弁護人に全部話した。

その折、しっかり本物を見る目を養うように、取り調べ官に言われた。

そして、その後勤めた「なんでも便利センター」。ここで私は詐欺を働き、警察のご厄介になることになる。

なかでもいちばん多額のお金を騙し取ってしまった、木村のおばあちゃんには、とても済まない気持ちを持ち続けている。

私は、あんな年寄りを何人も騙してきた。

親が自分の理想を押しつけたせいで、息子や娘が何年も顔を見せない家が多かった。そんな家では、親のどちらかが死んで一人暮らしになっても、子どもに対しては頑固になってしまうのだ。

息子夫婦や娘夫婦も自分たちの生活で手一杯で、なかなか親に会いにくる余裕がない。

それが長年の習慣になると、その状態に慣れてしまい、親の言う「大丈夫」を額面どおりに受け取る。親はいつの間にか自然に臨終を迎えると思っている子どもは多いだろう。

その結果、実家から足が遠のき、お盆も正月も帰ってこない。

年寄りのさみしさにつけ入るのは、とてもたやすい作業なのである。

彼らが喜びそうなことを言うと、おもしろいように高齢者は私に騙された。

女性も男性もである。

一見、気難しそうな男性も、何度も何度も足を運ぶことで、私を信用するようになった。

私の場合、詐欺といってもお金の対価の労働もしたのだから、そんなに悪いことをしたという感覚は正直に言って持っていなかった。

木村さんに対しても、おばあちゃんがあまりにも私を可愛がってくれて、お金が足りないと言うと、一生懸命工面してくれたので、感覚が麻痺して調子に乗りすぎたのだ。

刑務所に収監された私のために、嘆願書を書いてくれたことを、弁護人に聞いたときには驚いた。そんなにも私を大切だと思ってくれた人の気持ちを裏切ってきたのだ。

息子さんが激怒して、おばあちゃんは施設に入れられたと聞いた。母の病院の治療費と火葬代を父に返して、木村さんの息子さんにお金を少しずつでも弁済して、おばあちゃんの介護費用の一部にしてもらおうと、これだけはやろうと考えた。


気がつくと私は、人口心肺装置を付けられていた。

毎日、高栄養輸液と排泄の管を管理し、オムツを替えてくれる病院スタッフ、何時間も私の経過を見守ってくれて、何日も家に帰っていない若い医師たち、それぞれの職務のたくさんの人たちに支えられて生きることができている。
一人暮らしの高齢者で、私と同じウイルス性の感染症にかかり、自宅で誰にも看取られないままに、亡くなった人が多くいると聞いた。人生は些細なことで大きく変わる。ちょっとしたタイミングの違いで、救われもするし、命を落とすこともあるのだ。

私の入院は、リハビリも入れて二か月にわたった。
ここでゆっくり、今までの人生を振り返り反省することもできた。
私は五か月前に保護観察が解けて、就労支援を受けていた。
引き取ってくれる会社も決まって、今度も便利屋なのだが、もう詐欺はやらない。

心に誓っていた。

刑務所に、まるで家族のように通ってくれて、

「坂本くんの更生を手伝いたい。キミは必ず真っ当な人間になれる」

と言ってくれた国選弁護人さんと、出所後面倒をみてくれている保護観察官の気持ちに報いたい。

それに裁判のとき、私の量刑の軽減を望む嘆願書として、警察に届いた手紙が何回も読まれた。

どう思うかと聞かれたけど、最初は感謝より驚きがなによりまさるというのが正直な気持ちだった。

もう人を裏切りたくない。

裁判が結審したとき、ずっと昔に縁が切れたと思っていた父と叔父が裁判所に傍聴に来た。

その後、面会に来てくれて、叔父は私が路頭に迷って電話をかけたことを、奥さんからかなりあとになって聞いたという。

ニュースでほかの容疑者とともに、手錠をかけられ連行されていくさまを見て、強烈な後悔を感じたと私に詫びた。

父はひとこと、

「出所したら、釣りにでも行こうや」

と言った。

この父のひとことが、私のなかで途轍もない意味を持つ言葉になったのだ。

まだ物心つく前の三歳前後、海水浴の帰りに寝てしまった私を、背負ってくれたあの背中は、父だったのか。

何度も何度もくりかえし、夢で見た光景だった。

でも、はっきりとした記憶ではなかったので、自分のなかで夢なんだと思い込んでいた。

あれが現実の思い出なら、私にもちゃんと家族に愛された記憶があるじゃないか。

出所してから父に手紙で尋ねたら、まだ私が小さかった頃、海に行ったことが一度だけあると、返事がきた。

面会のときには我慢していた涙が、とめどなく流れた。

もちろん、これからも嫌なことはあるだろう。

でも、これからは行政にも民間の機関にも、相談に行ける自分になりたい。

私は三十五歳だ。

まだ三十五、もう三十五、どちらかわからないが、生まれて初めて人の気持ちに報いたいと思った。

もしも許されるならば、木村のおばあちゃんの介護を手伝わせてほしいと思った。

ご家族が大変お怒りなので、叶わないかもしれないが。

生き直そう、ちゃんとでなくてもいい。

誰か一人でも、私の存在で笑顔になってくれたらいい。


人工心肺装置が外された。

まだ不安の気持ちのほうが強いが、悪い仲間に関わることはしないと、保護観察官の先生に固く約束した。

感染症から生還しても、私は後遺症で苦しんだ。

一か月近く人工心肺装置で呼吸していた体は、自力呼吸にしばしば悲鳴をあげて、少し動いただけでも息切れがした。

筋肉も体力も落ちて、リハビリに多くの時間を費やした。

立っているとフラフラして、数歩歩くのがやっとだった。

若いからと体力に自信を持っていても、健康は簡単に崩れることを知った。

なかなか検査結果が陰性にならなかった。

なんとか退院許可が下りたとき、病院のスタッフ全員が喜んでくれた。

この人たちのことも、裏切ってはいけないと強く思った。

年齢にかかわらず、人間は生き直すことができるのだ。

自分の非を認められるか、そうでないかだと思う。

今まで経験したことよりもっとつらいこと、嫌なことでも一人で抱え込まずに生きていこう。

そして、願わくば母のように苦悶の表情で死にたくない。

幸せがどんなものだか、私にはまだわからない。

でも、誰かに笑ってほしい。

そして私も心から笑ってみたい。

ずっと昔、高校を退学したときのことを思い出していた。

今度はお互いになんでも話し合える友人がほしい。

今度こそ誰かのせいにしないで、能動的に生きていきたい。

大切にするから、相手からも大切にしてもらえる、そんな心の通う友情がほしいと思う。

まだ人生の三分の一、保護観察官に言われたように真っ当になりたいと、心からそう思った。

いつか咲くために

電話が鳴った。父だった。

「木村さんのところだけでも、直接お詫びに行ったらどうだ」

私もそう思っているところだ。

「俺も一緒に付いていこうか？」

「自分でしでかしたことなんだから、一人で行くよ」

こんな会話ができるようになったことがうれしかった。

出所して働きはじめてから、弁護士の先生を通じて毎月八万円ずつ木村さんのご家族と、ほかの被害者にお金を返していた。

この国は感染症蔓延による社会的混乱から、完全に立ち直ったとはいえず、景気はまだ停滞していた。

私が勤める便利屋は、遺品整理も含め、依頼があとを絶たなかった。亡くなった親の家財を処分して、土地を更地に戻して売却できる人は、上等の部類に入る人だろう。

日本はますます少子高齢社会に突き進んでいた。

私は普通の生活を営めるようになって、二年が経っていた。

誕生日がきたら、三十七歳になる。

月給は、手取りで二十四万円だった。

アパートで一人暮らしをしていると、私の過去を知る人には一人も出会わなかった。

二か月ほど考えたあと、月々の返済の際、木村さんにお詫びに伺いたい旨を弁護士の先生に打診してみた。

ほどなく、先方は乗り気ではないものの、面会には応じるとの返事をいただいた。

三日前ぐらいから緊張で眠れず、やっとのことでその日はきた。

じつは以前から気になって、木村さんの家に行ってみたことがあるのだ。

通い慣れた坂の上、木村さんの家があった土地は、庭の草木は伸び放題で、門も家の外壁もところどころ塗装が剝げて、人が生活しているようには見えなかった。

弁護士の先生に教えられたご長男の家は、実家からずっと離れた地方都市にあった。

まだ暑さの残る九月、ちょうど木村さんと初めて会った日のような台風が通り過ぎようとしていた。

雨が降り出しそうな、どす黒い空の下、小さな戸建てがぽつぽつと建ち並ぶ一角の、ある家の門の前に私は立ち尽くしていた。

勇気を出して、震える指でインターホンを押す。

返答はなく、代わりに頭髪に白いものが混じる初老の男性がいきなりドアを開けた。

木村さんのご長男だ。

身構える暇もなく、玄関に通された。

今回の来訪を喜んでいるわけもないが、罵倒するわけでもない。ご長男は無言だ。

私ののどはカラカラに渇き、頭で考えてきた文言は飛んで真っ白だ。奥へと促されても、玄関のたたきから上がれず、ただ、「このたびは、このたびは」と言ったきり、次の言葉が出てこない。

泣かずにいよう、と強く思っていた。

自分がしでかしたことを謝りにきているのに、泣くなんて最低だ。

「大変に申し訳ありませんでした。許されるとは思ってないけど、償わせてください」

やっとのことで言葉を絞り出す。

ご長男はしばらく黙っていたが、家の中に通された。

そして重い口を開いた。

「事件から四年あまり経過して、もちろん当初はあなたを許す気持ちはありませんでした。今も同じ気持ちです。裁判の傍聴には毎回通いました。そして母の嘆願書を何回も聞くうちに、気持ちが変わっていったのです。私も親不孝だったと、あなたの生い立ちを聞き共感はできないけれど、あなたが出所してこの二年あまり、ひと月も遅れず賠償金を払っている姿勢だけは評価できると思っています」

私は椅子から崩れ落ちた。

土下座にもならない無様な格好で、ただ床に頭をこすりつけて、「ごめんなさい、ごめんなさい」とくりかえしていた。

「母に会って、詫びてくれる気持ちはありますか?」

いきなりのご長男の言葉だった。

全身から汗がどっと出て、のどはカラカラでうずくまって、言葉を聞き逃すまいとするのが精一杯だった。

木村さんのおばあちゃんに、会わせてくださるというなら、会いたいと思った。

どんなに罵倒されたとしても、直接お詫びを言いたいのと、なにより自分の本当の祖母のような気がしていてどうしても一目会いたいとずっと思っていた。

思わず私は口走った。

「大変に厚かましいお願いですが、お母様に会わせていただけますか？」

ご長男は苦々しい顔をするでもなく、淡々と言った。

「あなたのことを決して許しているわけではないんです。ただあなたが逮捕されて、母はひどく嘆き悲しみました。このような事件を、二度と犯さないと約束してください。あなたが犯した罪は、たくさんの家族を崩壊させた。私の気持ちがわかりますか？」

私は汗でびっしょり濡れた服をそのままに、何度も何度もうなずいたが、声にならなかった。

ご長男は言葉を続けた。

「この四年あまりで、とても小さくなってしまった母があまりにも哀れです」

次の日曜日に施設に面会に行くことになった。


その日は、驚くほどの早さできてしまった。

いつかは通らなくてはならない道なので、私のなかに迷いはなかった。

毎日、木村さんの優しい顔を思い浮かべている。

あの笑顔を泣き顔に変えてしまい、今さらながら取り返しのつかないことをしてしまったと、幾たびも後悔して生きてきた。

もちろん金額の差こそあれ、ほかの被害者のご家族にも一軒一軒詫びて回っても、謝り切れない。

木村さんのご長男と、高齢者住宅の前で待ち合わせした。

通された建物は無機質で、廊下は人の気配がしない。

三階の隅の部屋へ案内された。

私は緊張で体が震えた。

促されてノックした部屋は一応個室だったが、とても狭い印象だ。

薄く排泄物の臭いがする。

ベッドに腰掛け外を見ていた老婦人、私は木村さんがあまりにも老けてしまったことにショックを受けた。

後ろから見ただけでも当時の面影はなく、二回りは痩せてしまった肩、そして、艶やかだった髪は抜け落ちて真っ白になり、伸び放題のボサボサだった。

ご長男が呼んでも反応はない。

恐る恐る私も「木村さん」と、声をかけた。

返事はなかったが、こちらを向いた。

そこにいたのは、私が知っている木村さんではない。

ご長男が、

「お袋は心を閉ざしてしまいました。誰の呼びかけにも反応しません」

なんと言葉をかけてよいかわからなかった。

高齢者を巻き込む犯罪は、お金だけではなく、被害者の人格、それぞれのささやかな暮らし、訪れたであろう将来、すべてを奪ってしまう。

自分が犯したことの罪深さを痛感した。

終わってから気づいても、取り戻すことはできない。

私は何度も何度も、頭を下げることしかできなかった。

ご長男はお母様の現在の姿を、そのまま私に見せたかったのだ。

なにも言葉を交わせずに、帰路に就いた。


私は便利屋の仕事をやりながら、介護の勉強を始めた。

私には現在、親しくしてくださる女性がいる。

彼女は私の犯した罪も、生まれっぱなしで生きてきた生い立ちも、全部知った上で側にいてくれる。

介護福祉士を育成する学校で、同じグループになった女性だ。

つき合うなんてもったいないことは、私には言えない。

彼女のほうが十歳以上年下で、回り道をせずにまっすぐに生きてきた人だ。

怒ると、とても怖い人で、しっかりした親御さんに育てられたのだろうと想像できた。

父とは二週間に一度ぐらい、携帯の無料通信アプリで話をする。たわいのない内容でも、話を聞いてくれる人がいる幸せを噛みしめている。

彼女に叱咤激励されながら、介護のノウハウを勉強している。

一か月に一度施設に了解を得た上で、外から木村さんの姿を見せていただく。

ご長男は、「母に会うことがあなたの贖罪の気持ちを持続することにつながるのなら」と、許してくださった。

言葉は交わせないが、自分のしてしまったことを逃げずに直視して、私は次の一か月を生きる目標をもらう。

何度も木村さんに頭を下げて帰路に就く、私の姿が木村さんの目に見えているだろうか。

木村さんは、視力もほとんどないようだと伺った。

便利屋の仕事は、とてもきつかった。

朝早くから現場を三つほど回ると、じきに夕刻になってしまう。

夜間に介護の講習を受けて、休みの日に彼女にわからないところを教えてもらう。

私はそれで足りるかどうかわからないけど、木村さんが亡くなるまではお金を返し続けたいと考えている。

自分の将来を望むのは、納得するまで贖罪を積んでからだ。

保護観察官の先生には、ほめていただけるのでますますやる気になる。

人間は、頭で考えるよりずっと単純なんだ。

よく眠れてご飯が美味しければ、大概のことは我慢できる。

今はもう少し経験を積んで、給料が増えたら、木村さんとほかの被害者の方に少しでもお金を返したい。

父と電話で話したとき、

「曜、お前いつの間にか、言葉の語尾がひっくり返らなくなったな」

と言われた。

学生の頃、私の言葉に癖があったのは、母しか接する人がいない日常で、怒られないようにと思うあまりに、言葉を発することが怖かったからだ。

いつも母の顔色を気にして生きてきたからだろう。

とてもとても回り道したけれど、やっとつかんだ小さな幸せの芽を大切に育てていこう。

「幸せは一段一段積み重ねていくものなんだね」

父に向かって、ポツリと言葉が出た。

「お前のほうが、あの頃の俺より大人だな」

そう答えた父の声は少し湿っていた。

先のことはわからないが、あと十年先二十年先に彼女がまだ一人だったら、人生のパートナーになりたい。

いつか彼女にふさわしい男になろうと心に誓った。

罪を犯した過去があっても、私を信じて導いてくれる人がいれば、そして諦めずに人間関係を築いていくことができれば、きっとやり直せる。

父と保護観察官の先生の言葉を、毎晩、寝る前に思い浮かべた。

木村さんが最期のときまでに、一度だけでも笑ってくれたらうれしい。

私がなにもかも奪ってしまう前の、あの頃の木村さんの笑顔を思い出す。

母の笑った顔は、忘却していた。
でも、「曜、しっかり生きろ」と、母の声が聞こえたような気がした。
雨上がりの空を仰いだ。
遠い日のアパートの部屋の匂いがした。

あとがき

インターネットが普及して、生活は便利になりました。でも、人と人とのコミュニケーションは、減っているのではないでしょうか。

会話をしていますか？　家族と、大切な人と。

インターネットの記事だけを読んで、全部をわかった気分でいませんか？　会話が減ると、不寛容な人が増えると思います。

人はそれぞれが、違って当然だと思います。

間違いを犯した人を責めるのではなく許し、話し合える社会になればよいですね。

人がやり直せる機会が増えれば犯罪も減り、今より円滑な人間関係が生まれるのではないでしょうか。

かくいう私も、父とのコミュニケーションに悩みました。

父は黙って逝きましたが、この小説で父に言いたかったことが、表現できたような気がするのです。

登場人物の皆さん、ありがとうございます。

そして、関わってくださったすべての皆さん、ありがとうございます。

最後に、この書籍を手に取ってくださったあなたに、ありがとうございます。

またどこかでお会いする日を、楽しみにして言葉を結びます。

二〇二一年九月

松谷美善

「家族」

父さん
怒鳴るより
言葉で教えてあなたの気持ち
母さん
泣くよりも
言葉で教えてあなたの気持ち
子どもだからわからない？

子どもだからわかることもあるんだよ
感情よりも言葉で教えて
こぼれたピースを拾い集めて
家族というパズルを組み立てよう

著者紹介

松谷美善（まつや みよし）

1959年、東京都港区で出生。國學院大學栃木短期大学国文学科卒業。著書に、難病を患った母の介護を綴った『涙のち晴れ 母と過ごした19年間の介護暮らし』、両親への複雑な思いを吐露した『不完全な親子』（いずれも小社刊行）がある。

泥《どろ》の中《なか》で咲《さ》け

2021年10月26日 第1刷発行

著　者　松谷美善
発行人　久保田貴幸

発行元　株式会社 幻冬舎メディアコンサルティング
〒151-0051　東京都渋谷区千駄ヶ谷4-9-7
電話　03-5411-6440（編集）

発売元　株式会社 幻冬舎
〒151-0051　東京都渋谷区千駄ヶ谷4-9-7
電話　03-5411-6222（営業）

印刷・製本　中央精版印刷株式会社
装　丁　株式会社 幻冬舎デザインプロ

Printed in Japan
ISBN 978-4-344-93637-9 C0093
幻冬舎メディアコンサルティングＨＰ
http://www.gentosha-mc.com/